COLLECTION FOLIO

Sempé-Goscinny

La rentrée du Petit Nicolas

Histoires inédites III

IMAV éditions

Jean-Jacques Sempé est né à Bordeaux le 17 août 1932. Élève très indiscipliné, il est renvoyé de son collège et commence à travailler à dix-sept ans. Après avoir été l'assistant malchanceux d'un courtier en vins et s'être engagé dans l'armée, il se lance à dix-neuf ans dans le dessin humoristique. Ses débuts sont difficiles, mais Sempé travaille comme un forcené. Il collabore à de nombreux magazines : *Paris Match, L'Express...*

En 1959, il « met au monde » la série des *Petit Nicolas* avec son ami René Goscinny. Sempé vit à Paris (rêvant de campagne) et à la campagne (rêvant de Paris). Il a, depuis, publié une quarantaine d'albums parus chez Denoël. En 2009 paraît *Sempé à New York*, recueil d'une centaine de couvertures du *New Yorker* dont Sempé est collaborateur depuis 1978.

Dans la collection Folio Junior, il est l'auteur de *Marcellin Caillou* (1997) et de *Raoul Taburin* (1998) ; il a également illustré *Catherine Certitude* de Patrick Modiano (1998) et *L'histoire de Monsieur Sommer* de Patrick Süskind (1998).

René Goscinny est né à Paris en 1926 mais il passe son enfance en Argentine. « J'étais en classe un véritable guignol. Comme j'étais aussi plutôt bon élève, on ne me renvoyait pas. » Après une brillante scolarité au collège français de Buenos Aires, c'est à New York qu'il commence sa carrière au côté d'Harvey Kurtzman, fondateur de *Mad*. De retour en France dans les années cinquante, il collectionne les succès. Avec Sempé, il imagine le Petit Nicolas, inventant pour lui un langage et un univers qui feront la notoriété du désormais célèbre écolier. Puis Goscinny crée Astérix avec Uderzo. Le triomphe du petit Gaulois sera phénoménal. Auteur prolifique, Goscinny est également le créateur de Lucky Luke avec Morris, d'Iznogoud avec Tabary, des *Dingodossiers* avec Gotlib... À la tête du légendaire magazine *Pilote*, il révolutionne la bande dessinée. Humoriste de génie, c'est avec le *Petit Nicolas* que Goscinny donne toute la mesure de son talent d'écrivain. C'est peut-être pour cela qu'il dira : « J'ai une tendresse toute particulière pour ce personnage. » René Goscinny est mort le 5 novembre 1977, à cinquante et un ans. Il est aujourd'hui l'un des écrivains les plus lus au monde.

On va rentrer

Maman a dit que demain on irait acheter des choses pour la rentrée.

— Quelles choses ? a demandé papa.

— Beaucoup de choses, a répondu maman. Entre autres : un nouveau cartable, une trousse, et puis des chaussures.

— Encore des chaussures ? a crié papa. Mais ce n'est pas possible ! Il les mange !

— Non, mais il mange de la soupe pour grandir, a dit maman. Et quand il grandit, ses pieds grandissent aussi.

Le lendemain, je suis allé faire des courses avec maman, et pour les chaussures nous nous sommes un peu disputés, parce que moi je voulais des chaussures de basket, mais maman a dit qu'elle m'achèterait une paire de souliers en cuir bien solide, et que si ça ne me plaisait pas, on allait rentrer à la maison, et que papa ne serait pas content.

Le vendeur du magasin était très gentil ; il m'a fait essayer des tas de chaussures, en expliquant à maman qu'elles étaient toutes très chouettes, mais maman ne pouvait pas se décider, et puis il y a eu des chaussures marron qui lui plaisaient, et elle m'a demandé si je me sentais bien dedans, et moi j'ai dit que oui, pour ne pas faire de la peine au vendeur, mais les chaussures me faisaient un peu mal.

Et puis, maman m'a acheté un cartable terrible, et avec les cartables on rigole bien à la sortie de l'école, on s'amuse à les jeter dans les jambes des copains pour les faire tomber, et je suis drôlement impatient de les revoir, les copains, et puis maman m'a acheté une trousse qui ressemble à un étui de revolver, avec, à la place du revolver, un taille-crayon qui ressemble à un avion, une gomme qui ressemble à une souris, un crayon qui ressemble à une flûte, et des tas de choses qui ressemblent à autre chose, et avec ça aussi on va bien faire les guignols en classe.

Quand papa, le soir, a vu tout ce que maman m'avait acheté, il m'a dit qu'il espérait que je prendrais bien soin de mes affaires, et moi je lui ai dit que oui. C'est vrai, je suis très soigneux avec mes affaires, même si le taille-crayon s'est cassé avant le dîner, en jouant à bombarder la souris, et papa s'est fâché, il a dit que j'étais intenable depuis notre retour, et qu'il était pressé que l'école commence.

Il faut vous dire que la rentrée des classes c'est bientôt, mais moi, papa et maman, nous sommes revenus de vacances depuis longtemps.

Elles étaient très bien les vacances, et on a drôlement rigolé. Nous étions à la mer, et j'ai fait des choses terribles ; j'ai nagé loin comme tout, et puis, sur la plage, j'ai gagné un concours, et on m'a donné deux illustrés et un fanion. Et puis, j'étais tout bronzé par le soleil ; j'étais très chouette.

Bien sûr, quand je suis arrivé à la maison, j'aurais voulu montrer aux copains comme j'étais bronzé, mais c'est ça qui est embêtant avant la rentrée : c'est que les copains, on ne les voit pas. Alceste — c'est celui qui habite le plus près de chez moi, et c'est mon meilleur copain, un gros qui mange tout le temps — n'était pas là ; Alceste va tous les ans, avec ses parents, chez son oncle qui est charcutier en Auvergne. Et il part très tard en vacances, Alceste, parce que pour aller chez son oncle, il doit attendre que son oncle soit revenu de ses vacances à lui, sur la Côte d'Azur.

M. Compani, qui est l'épicier du quartier, quand il m'a vu, il m'a dit que j'étais drôlement beau, que je ressemblais à un petit morceau de pain d'épices, et il m'a donné des raisins secs, et une olive, mais ce n'est pas la même chose que les copains.

Et c'est pas juste, à la fin, parce que si personne ne le voit, ce n'est pas la peine d'être bronzé, et j'étais drôlement de mauvaise humeur, et papa m'a dit qu'on n'allait pas recommencer la comédie de tous les ans, et qu'il ne voulait pas que je sois insupportable jusqu'à la rentrée des classes.

— Je vais être tout blanc, pour l'école ! j'ai dit.

— Mais c'est une manie ! a crié papa. Depuis qu'il est rentré de vacances, il ne pense qu'à son bron-

zage !... Écoute, Nicolas, tu sais ce que tu vas faire ? Tu vas aller dans le jardin, et tu vas prendre des bains de soleil. Comme ça, tu ne me casseras plus les oreilles, et quand tu iras à l'école, tu seras un vrai Tarzan.

Alors moi, je suis allé dans le jardin, mais bien sûr ce n'est pas comme à la plage, surtout qu'il y avait des nuages.

Et puis maman m'a appelé :

— Nicolas ! Qu'est-ce que tu fais couché sur l'herbe ? Tu ne vois pas qu'il commence à pleuvoir ?

Maman a dit que cet enfant la rendrait folle, et je suis rentré dans la maison ; et papa, qui était en train de lire le journal, m'a regardé et il m'a dit que j'avais bien bronzé, et que maintenant j'aille m'essuyer la tête, parce que j'étais mouillé.

— C'est pas vrai ! j'ai crié. Je ne suis plus bronzé du tout ! Je veux retourner à la plage !

— Nicolas ! a crié papa. Tu vas me faire le plaisir d'être poli, et de ne plus dire de bêtises ! Sinon, tu montes dans ta chambre sans dîner ! Compris ?

Alors moi je me suis mis à pleurer, j'ai dit que c'était pas juste, et que je quitterais la maison et que j'irais tout seul à la plage, et que je préférais mourir qu'être tout blanc, et maman est venue en courant de la cuisine, et elle a dit qu'elle en avait assez d'entendre crier toute la journée, et que si c'était ça l'effet que nous faisaient les vacances, elle préférait rester à la maison l'année prochaine, et que papa et moi on n'aurait qu'à se débrouiller pour les vacances, qu'elle, elle n'y tenait pas tellement.

— C'est pourtant toi qui as insisté pour que nous retournions à Bains-les-Mers cette année, a répondu papa. En tout cas, ce n'est pas ma faute si ton fils a des lubies, et qu'il est insupportable quand il est à la maison !

— Papa m'a dit que si j'allais dans le jardin, je serais comme Tarzan, j'ai expliqué. Mais je ne suis plus brûlé du tout !

Alors maman a rigolé, elle a dit qu'elle me trouvait encore très brun, que j'étais son petit Tarzan à elle, et qu'elle était sûre qu'à l'école, je serais le plus brûlé de tous. Et puis elle m'a dit d'aller jouer dans ma chambre, et qu'elle m'appellerait pour dîner.

À table, j'ai essayé de ne pas parler à papa, mais il m'a fait des tas de grimaces, et moi j'ai rigolé, et

c'était très chouette. Maman avait fait de la tarte aux pommes.

Et puis, le lendemain, M. Compani nous a dit que les Courteplaque devaient rentrer de vacances aujourd'hui. M. et Mme Courteplaque sont nos voisins, qui habitent la maison juste à côté de chez nous, et ils ont une fille qui s'appelle Marie-Edwige, qui a mon âge, avec des cheveux jaunes et des yeux bleus très chouettes.

Alors là, j'étais vraiment embêté, parce que j'aurais bien aimé que Marie-Edwige me voie tout bronzé, mais je n'ai rien dit à papa, parce que papa m'avait prévenu que si je lui parlais encore une fois de bronzage, ça allait être terrible.

Comme il y avait du soleil, je me suis mis dans le jardin, et de temps en temps, je courais dans la salle de bains pour me regarder dans la glace, mais je ne brunissais pas, et j'ai pensé que j'allais essayer encore un coup dans le jardin et que si je restais tout blanc, j'allais en parler à papa.

Et juste quand je suis sorti dans le jardin, l'auto de M. Courteplaque s'arrêtait devant sa maison, avec des tas et des tas de bagages sur le toit.

Et puis Marie-Edwige est descendue de l'auto, et quand elle m'a vu, elle m'a fait bonjour avec la main.

Et moi, je suis devenu tout rouge.

Les Invincibles

Nous, on va former une bande... C'est Geoffroy qui a eu l'idée. Il nous a dit, à la récré, qu'il venait de lire un livre dans lequel des copains formaient une bande et, après, ils faisaient des choses terribles, ils défendaient les gens contre les méchants, ils aidaient les pauvres, attrapaient les bandits, ils rigolaient drôlement.

— La bande s'appellera les Invincibles, comme dans le livre. Nous nous réunirons après la classe, dans le terrain vague, nous a dit Geoffroy ; le mot de passe, ce sera : « Courage indomptable ! »

Quand je suis arrivé dans le terrain vague, Geoffroy, Rufus, Eudes, Alceste et Joachim y étaient déjà. J'avais été un peu retenu en classe par la maîtresse, qui me disait que je m'étais trompé dans un devoir d'arithmétique ; il faudra que je dise à papa de faire attention.

— Le mot de passe ? m'a demandé Alceste en m'envoyant des petits bouts de croissant à la figure (il mange tout le temps, Alceste).

— Courage indomptable, j'ai dit.

— Tu peux entrer, il m'a dit.

Le terrain vague, il est formidable. On va souvent y jouer ; il y a de l'herbe, des chats, des boîtes de conserve, des pneus et une vieille auto qui n'a plus de roues, mais où on s'amuse bien, vroum, vroum !

— C'est dans l'auto que nous nous réunirons, a dit Geoffroy.

Geoffroy, il m'a fait rigoler, il avait sorti de son cartable un masque qu'il avait mis sur ses yeux, une cape noire avec un « Z » derrière, et un chapeau. Son papa est très riche et il lui achète toujours des jouets et des déguisements.

— T'as l'air d'un guignol, j'ai dit à Geoffroy, et ça, ça ne lui a pas plu.

— C'est une bande secrète, a dit Geoffroy, et comme je suis le chef, personne ne doit voir ma figure.

— Le chef ? a dit Eudes, tu rigoles, non ? Pourquoi tu serais le chef, parce que t'as l'air d'un champignon avec ton chapeau ?

— Non, monsieur, a dit Geoffroy, parce que c'est moi qui ai eu l'idée de la bande, voilà pourquoi !

Et puis, Clotaire est arrivé. Clotaire, il sort toujours après les autres de l'école. Comme c'est le dernier de la classe, il a souvent des histoires avec la maîtresse, et il doit faire des lignes.

— Le mot de passe ? lui a demandé Alceste.

— Drôle de courage, a répondu Clotaire.

— Non, a dit Alceste, tu n'entres pas. C'est pas le mot de passe !

— Quoi, quoi, quoi, a dit Clotaire, tu vas me laisser entrer, espèce de gros type.

— Non, monsieur, a dit Rufus, tu entreras quand tu connaîtras le mot de passe, sans blague ! Alceste, surveille-le !

— Moi, a dit Eudes, je propose qu'on choisisse le chef, pic et pic et colegram…

— Pas question ! a dit Geoffroy. Dans le livre, le chef, c'était le plus brave et le mieux habillé. Le chef, c'est moi !

Alors, Eudes lui a donné un coup de poing sur le nez, il aime bien ça, Eudes. Geoffroy est tombé assis par terre, le masque de travers et les mains sur le nez.

— Puisque c'est comme ça, a dit Geoffroy, tu ne fais plus partie de la bande !

— Bah ! a dit Eudes, je préfère rentrer chez moi jouer au train électrique !

Et il est parti.

— Courage terrible ? a dit Clotaire, et Alceste lui a répondu que non, que ce n'était toujours pas le mot de passe, et qu'il ne pouvait pas entrer.

— Bon, a dit Geoffroy, il faut qu'on décide ce qu'on va faire. Dans le livre, les Invincibles prenaient l'avion pour aller en Amérique chercher l'oncle d'un pauvre petit orphelin à qui des méchants avaient volé son héritage.

— Moi, je pourrai pas y aller, en Amérique, avec l'avion, a dit Joachim. Ça fait pas si longtemps que maman me laisse traverser la rue tout seul.

— Nous ne voulons pas de lâches chez les Invincibles !… a crié Geoffroy.

Alors, Joachim, ça a été terrible, il a dit que c'était trop fort, qu'il était le plus brave de tous, et que puisque c'était comme ça, il partait, mais qu'on allait bien le regretter. Et puis il est parti.

— Chouette courage ? a demandé Clotaire.

— Non ! a répondu Alceste en mangeant un petit pain au chocolat.

— Tous dans l'auto, a dit Geoffroy, nous allons discuter de nos plans secrets.

Moi, j'étais drôlement content, j'aime bien aller dans l'auto, même si on se fait mal avec les ressorts qui sortent des fauteuils, comme ceux du canapé du salon à la maison, qui est maintenant dans le grenier, parce que maman a dit que c'était une honte, et papa en a acheté un nouveau.

— Je veux bien aller dans l'auto, a dit Rufus, si c'est moi qui me mets au volant et qui conduis.

— Non, c'est la place du chef, a répondu Geoffroy.

— T'es pas plus le chef que moi, a dit Rufus, et Eudes avait raison, t'as l'air d'un guignol avec ton déguisement !...

— T'es jaloux, voilà ce que tu es, a dit Geoffroy.

— Eh bien ! puisque c'est comme ça, a dit Rufus, je vais former une autre bande secrète, et on va démolir ta bande secrète, et ce sera nous qui irons en Amérique pour l'histoire de l'orphelin.

— Non, monsieur, a crié Geoffroy, c'est notre

orphelin, c'est pas le vôtre, vous n'avez qu'à vous en trouver un autre d'orphelin... non, mais sans blague !...

— On verra, a dit Rufus, et il est parti.

— Indomptable ! a crié Clotaire, ça y est. Indomptable !

— Attends, a dit Alceste, bouge pas... et puis Alceste est venu vers nous. C'est quoi, le mot de passe, déjà ? il a demandé.

— Comment, a crié Geoffroy, tu ne te souviens pas du mot de passe ?

— Ben non, quoi, a dit Alceste, avec cet imbécile de Clotaire qui me dit tout le temps des choses, je ne m'en souviens plus...

Geoffroy était furieux.

— Ah ! elle est belle, la bande des Invincibles, il a dit, vous n'êtes pas des Invincibles, vous êtes des incapables !...

— Des quoi ? a demandé Alceste.

Clotaire s'est approché.

— Alors, je peux entrer, oui ou non ! il a dit.

Geoffroy a jeté son chapeau par terre.

— Tu n'as pas le droit d'entrer. Tu n'as pas dit le mot de passe ! Une bande secrète doit avoir un mot de passe, comme dans le livre ! Ceux qui n'ont pas le mot de passe, c'est des espions !...

— Et moi, a crié Alceste, tu crois que je vais rester tout le temps à écouter les bêtises que me raconte Clotaire ?... D'ailleurs, je n'ai plus rien à manger ; il faut que je rentre chez moi, sinon je vais être en retard pour le goûter.

Et Alceste est parti.

— Je n'ai pas besoin de ta permission pour entrer ici, a dit Clotaire à Geoffroy. Le terrain vague n'est pas à toi !... Tout le monde peut y entrer, même les espions !

— J'en ai assez !... Puisque c'est comme ça, vous n'avez qu'à entrer tous !... a crié Geoffroy en pleurant dans son masque. C'est vrai, vous savez pas jouer ! J'irai la former seul, ma bande des Invincibles ! On ne se parle plus !...

Nous sommes restés tous les deux, Clotaire et moi. Alors, je lui ai dit le mot de passe ; comme ça, ce n'était plus un espion, et on a joué aux billes.

C'était chouette, l'idée de Geoffroy, de former une bande. J'ai gagné trois billes !...

La cantine

À l'école, il y a une cantine, et il y en a qui mangent dedans et on les appelle des demi-pensionnaires. Moi et les autres copains, on rentre manger à la maison : le seul qui reste à l'école, c'est Eudes, parce qu'il habite assez loin.

C'est pour ça que j'ai été étonné et pas content quand papa et maman m'ont dit, hier, que j'allais manger à l'école, aujourd'hui à midi.

— Papa et moi, nous devons faire un voyage demain, m'a dit maman, et nous serons absents presque toute la journée. C'est pour ça que nous avons pensé, mon chéri, que pour une fois, tu mangerais à l'école.

Moi, je me suis mis à pleurer et à crier que je ne mangerais pas à l'école, que c'était terrible, que c'était sûrement très mauvais et que je ne voulais pas passer toute la journée sans sortir de l'école, et que si on me forçait, je serais malade, je quitterais la maison, j'allais mourir et que tout le monde allait me regretter drôlement.

— Allons, bonhomme, sois gentil, m'a dit papa. C'est pour une fois seulement. Et puis, il faut bien que tu manges quelque part, et nous ne pouvons pas t'emmener avec nous. D'ailleurs, ce sera sûrement très bon, ce qu'ils te donneront à manger.

Moi, j'ai pleuré plus fort, j'ai dit qu'on m'avait dit qu'il y avait des tas de gras avec la viande, à l'école, et qu'on battait ceux qui ne mangeaient pas leur gras, et que j'aimais mieux ne pas manger du tout que de rester à l'école. Papa s'est gratté la tête et il a regardé maman.

— Qu'est-ce qu'on fait ? il a demandé.

— Nous ne pouvons rien faire, a dit maman. Nous avons déjà prévenu son école et Nicolas est assez grand pour être raisonnable. Et puis, de toute façon, ça ne lui fera pas de mal ; comme ça, il appréciera mieux ce qu'on lui sert à la maison. Allons, Nicolas, sois gentil, embrasse maman et ne pleure plus.

J'ai boudé un petit moment et puis j'ai vu que ça ne servait plus à rien de pleurer. Alors, j'ai embrassé maman, et puis papa, et ils ont promis de m'apporter des tas de jouets. Ils étaient très contents tous les deux.

Quand je suis arrivé à l'école, ce matin, j'avais une grosse boule dans la gorge et une drôle d'envie de pleurer.

— Je reste à la cantine à midi, j'ai expliqué aux copains qui me demandaient ce que j'avais.

— Chouette ! a dit Eudes. On va s'arranger pour être à la même table.

Alors, je me suis mis à pleurer et Alceste m'a donné un petit bout de son croissant, et là ça m'a tellement étonné que je me suis arrêté de pleurer, parce que c'est la première fois que je vois Alceste donner un petit bout de quelque chose qui se mange à quelqu'un. Et puis après, tout le matin, je n'ai plus pensé à pleurer, parce qu'on a bien rigolé.

C'est à midi, quand j'ai vu les copains partir pour rentrer chez eux déjeuner, que j'ai eu de nouveau une grosse boule dans la gorge. Je suis allé m'appuyer contre le mur et je n'ai pas voulu jouer aux billes avec Eudes. Et puis la cloche a sonné et nous sommes allés nous mettre en rangs. Et c'est drôle, les rangs pour aller manger ; ce n'est pas comme d'habitude, parce que toutes les classes sont mélangées et on se trouve avec des types qu'on ne connaît presque pas. Heureusement, Eudes était avec moi. Et puis un type, devant, s'est retourné et m'a dit :

— Saucisson, purée, rôti et flan. Fais passer.

— Chouette ! a crié Eudes, quand je lui ai fait passer, il y a du flan ! Il est terrible !

— Un peu de silence dans les rangs ! a crié le Bouillon, qui est notre surveillant.

Et puis il s'est approché de nous, il m'a vu, et il a dit :

— Ah ! mais, c'est vrai ! Nicolas est parmi nous, aujourd'hui !

Et le Bouillon m'a passé la main sur les cheveux et il a fait un gros sourire avant de partir séparer deux moyens qui se poussaient. Il y a des fois où il est très chouette, le Bouillon. Et puis la file a avancé, et nous sommes entrés dans la cantine. C'est assez grand, avec des tables avec huit chaises autour.

— Viens vite ! m'a dit Eudes.

J'ai suivi Eudes, mais à sa table, toutes les places étaient prises. Moi, j'étais bien embêté, parce que je ne voulais pas aller à une table où je ne connaissais personne. Alors, Eudes a levé le doigt et il a appelé le Bouillon :

— M'sieur ! M'sieur ! est-ce que Nicolas peut s'asseoir à côté de moi, m'sieur ?

— Bien sûr, a dit le Bouillon. Nous n'allons pas mettre n'importe où notre invité du jour. Basile, laissez votre place à Nicolas pour aujourd'hui... Mais soyez sages, hein ?

Alors, Basile, un type de la classe au-dessus, a pris sa serviette et son médicament et est allé s'asseoir à une autre table. Moi, j'étais bien content d'être assis à côté d'Eudes ; c'est un bon copain, mais j'avais pas faim du tout. Et quand les deux dames qui travaillent à la cuisine sont passées avec des paniers pleins de pain, j'en ai pris un morceau, mais c'est parce que j'avais peur qu'on me punisse si je n'en prenais pas. Et puis on a apporté du saucisson, de celui que j'aime.

— Vous pouvez parler, a dit le Bouillon, mais sans faire de bruit.

Alors, tout le monde s'est mis à crier en même temps, et le type qui était assis en face de nous nous a fait rigoler, parce qu'il s'est mis à loucher et faire semblant de ne pas trouver sa bouche pour mettre le saucisson dedans. Et puis on a apporté du rôti avec de la purée, et heureusement qu'ils ont passé le pain de nouveau, parce que pour essuyer la sauce, c'est chouette.

— Qui veut encore de la purée ? a demandé la dame.

— Moi ! on a tous crié.

— Un peu de calme, a dit le Bouillon. Sinon, je vous interdis de parler. Compris ?

Mais tout le monde a continué à parler, parce que le Bouillon est beaucoup plus chouette à table qu'en récré. Et puis, on a eu du flan, et ça, c'était drôlement bon ! J'en ai pris deux fois, comme pour la purée.

Après déjeuner, nous sommes sortis dans la cour, et Eudes et moi nous avons joué aux billes. J'en avais déjà gagné trois quand les copains sont revenus de chez eux, et j'étais un peu embêté de les voir parce

que quand ils arrivent, c'est que c'est l'heure de rentrer en classe.

Quand je suis revenu à la maison, maman et papa étaient déjà là. J'étais drôlement content de les voir, et nous nous sommes embrassés des tas de fois.

— Alors, mon chéri, m'a demandé maman, ça ne s'est pas trop mal passé, ce déjeuner ? Qu'est-ce qu'ils t'ont donné à manger ?

— Du saucisson, j'ai répondu, du rôti avec de la purée…

— Avec de la purée ? a dit maman. Mon pauvre poussin, toi qui as horreur de ça et qui ne veux jamais en manger à la maison…

— Mais celle-là était très chouette, j'ai expliqué. Et il y avait de la sauce, et il y avait un type qui nous a fait rigoler, et j'en ai repris deux fois.

Maman m'a regardé et elle a dit qu'elle allait défaire sa valise et préparer le dîner.

À table, maman m'a eu l'air très fatiguée par son voyage. Et puis, elle a apporté un gros gâteau au chocolat.

— Regarde, Nicolas ! m'a dit maman ; regarde le beau dessert que nous avons acheté pour toi !

— Chic ! j'ai crié. Tu sais, à midi, c'était chouette aussi ; on a eu un flan terrible ! J'en ai pris deux fois, comme pour la purée.

Alors, maman a dit qu'elle avait eu une journée très dure, que tout le monde était énervé, qu'elle allait laisser la vaisselle pour demain et qu'elle montait se coucher tout de suite.

— Elle est malade, maman ? j'ai demandé, drôlement inquiet, à papa.

Papa a rigolé, il m'a donné une petite claque sur la joue et il m'a dit :

— Ce n'est pas grave, bonhomme. Je crois que c'est quelque chose que tu as mangé à midi qui ne passe pas.

Souvenirs doux et frais

Nous avons un invité pour le dîner, ce soir. Hier, papa est arrivé tout content et il a dit à maman qu'il avait rencontré par hasard, dans la rue, son vieil ami Léon Labière, qu'il n'avait pas vu depuis des tas d'années.

— Léon, avait expliqué papa, c'est un ami d'enfance, nous sommes allés à l'école ensemble. Combien de souvenirs doux et frais nous avons en commun ! Je l'ai invité à dîner, pour demain.

L'ami de papa devait arriver à huit heures, mais nous, nous étions prêts depuis sept heures. Maman m'avait bien lavé, elle m'avait mis le costume bleu et elle m'avait peigné avec des tas de brillantine, parce que, sinon, l'épi que j'ai derrière la tête ne peut pas rester tranquille. Papa, il m'avait donné beaucoup de conseils, il m'avait dit que je devais être très sage, que je ne devais pas parler à table sans être interrogé et que je devais bien écouter son ami Léon qui, d'après papa, était quelqu'un de terrible et qui avait très bien réussi dans la vie et ça se voyait déjà à l'école, parce que des êtres comme lui on n'en faisait plus, et puis on a sonné à la porte.

Papa est allé ouvrir et un gros monsieur tout rouge est entré.

— Léon ! a crié papa.

— Mon vieux copain ! a crié le monsieur, et puis ils ont commencé à se donner des tas de claques sur les épaules, mais ils avaient l'air content, pas comme quand papa se donne des claques avec M. Blédurt, qui est notre voisin et qui aime bien taquiner papa.

Après les claques, papa s'est retourné et a montré maman qui avait un grand sourire et qui sortait de la cuisine.

— Voici ma femme, Léon. Chérie, mon ami, Léon Labière.

Maman a avancé la main et M. Labière s'est mis à la secouer, la main, et il a dit qu'il était enchanté. Et puis, papa m'a fait signe d'avancer et il a dit :

— Et voici Nicolas, mon fils.

M. Labière a eu l'air très surpris de me voir, il a ouvert des grands yeux, il a sifflé et puis il a dit :

— Mais c'est un grand garçon ! C'est un homme ! Tu vas à l'école ?

Et il m'a passé la main dans les cheveux, pour me dépeigner, pour rire. J'ai vu que ça, ça n'a pas tellement plu à maman, surtout quand M. Labière a regardé sa main et qu'il a demandé :

— Qu'est-ce que vous lui mettez sur la tête, à ce mioche ?

— Tu trouves qu'il me ressemble ? a demandé papa très vite, avant que maman ne puisse répondre.

— Oui, a dit M. Labière, c'est tout à fait toi, avec plus de cheveux et moins de ventre, et M. Labière s'est mis à rire très fort.

Papa, il a ri aussi, mais moins fort, et maman a dit que nous allions prendre l'apéritif.

Nous nous sommes assis dans le salon et maman a servi ; moi, je n'ai pas eu d'apéritif, mais maman m'a laissé prendre des olives et des biscuits salés et j'aime ça. Papa a levé son verre et il a dit :

— À nos souvenirs communs, mon vieux Léon.

— Mon vieux copain, a dit M. Labière et il a donné une grosse claque sur le dos de papa qui a laissé tomber son verre sur le tapis.

— Ce n'est rien, a dit maman.

— Non, ça sèche tout de suite, a dit M. Labière, et puis, il a bu son verre et il a dit à papa :

— Ça me fait drôle de te voir dans le rôle d'un vieux papa.

Papa, qui avait rempli son verre de nouveau et qui s'était mis un peu plus loin, à cause des claques, s'est un peu étranglé et puis il a dit :

— Vieux, vieux, n'exagérons rien, nous avons le même âge.

— Mais non, a dit M. Labière, souviens-toi, en classe tu étais le plus vieux de tous !

— Si nous passions à table ? a demandé maman.

Nous nous sommes mis à table et M. Labière qui était en face de moi m'a dit :

— Et toi, tu ne dis rien ? On ne t'entend pas !

— Il faut que vous m'interrogiez pour que je puisse parler, j'ai répondu.

Ça a fait beaucoup rire M. Labière, il est devenu tout rouge, encore plus rouge qu'avant et il a donné des grandes claques, mais sur la table cette fois-ci, et les verres faisaient cling, cling. Quand il eut fini de rire, M. Labière a dit à papa que j'étais drôlement bien élevé ; papa a dit que c'était normal.

— Pourtant, si mes souvenirs sont exacts, tu étais un terrible, a dit M. Labière.

— Prends du pain, a répondu papa.

Maman a apporté le hors-d'œuvre et on a commencé à manger.

— Alors, Nicolas, a demandé M. Labière, et puis, il a avalé ce qu'il avait dans la bouche et il a continué, tu es bon élève en classe ?

Comme j'avais été interrogé, j'ai pu répondre ; « bof », j'ai dit à M. Labière.

— Parce que ton papa, c'était un drôle de numéro ! Tu te souviens, vieux ?

Et papa a esquivé la claque de justesse. Papa, il n'avait pas l'air de s'amuser tellement, mais M. Labière, lui, ça ne l'empêchait pas de rigoler.

— Tu te souviens la fois où tu as vidé la bouteille d'encre dans la poche d'Ernest ?

Papa, il a regardé M. Labière, il m'a regardé moi et il a dit :

— Bouteille d'encre ? Ernest ?… Non, je ne vois pas.

— Mais si ! a crié M. Labière, même que tu as été suspendu pendant quatre jours ! C'est comme pour l'histoire du dessin sur le tableau noir, tu te rappelles ?…

— Vous prendrez bien encore une tranche de jambon ? a dit maman.

— C'est quoi, l'histoire du dessin sur le tableau noir ? j'ai demandé à papa.

Papa, il s'est mis à crier, il a frappé sur la table et il m'a dit qu'il m'avait recommandé de me tenir sagement pendant le dîner et de ne pas poser de questions.

— L'histoire du tableau noir, c'est quand ton papa a fait la caricature de la maîtresse et elle est entrée en classe juste quand ton papa terminait le dessin ! La maîtresse lui a mis trois zéros !

Moi, j'ai trouvé cela très rigolo, mais j'ai vu à la tête de papa qu'il valait mieux ne pas rire tout de suite. Je me suis retenu pour rire plus tard, quand je serai tout seul dans ma chambre, mais ce n'est pas facile.

Maman a apporté le rôti et papa a commencé à le découper.

— Huit fois sept, ça fait combien ? m'a demandé M. Labière.

— Cinquante-six, monsieur, je lui ai répondu (on l'avait appris ce matin à l'école, une veine !).

— Bravo ! a crié M. Labière, et tu m'étonnes, parce que ton père, en arithmétique…

Papa a crié, mais lui, c'était parce qu'il venait de se couper le doigt, à la place du rôti. Papa s'est sucé le doigt, pendant que M. Labière, qui est vraiment un monsieur très gai, riait beaucoup et disait à papa qu'il n'était pas plus adroit qu'avant, c'était comme la fois, à l'école, avec le ballon de football et la fenêtre de la classe. Moi, je n'ai pas osé demander quelle était l'histoire du ballon et de la fenêtre, mais à mon avis, je crois que papa a dû la casser, la fenêtre de la classe.

Maman a apporté le dessert en vitesse, M. Labière avait encore du rôti dans son assiette, que, bing ! la tarte arrivait.

— Nous nous excusons, a dit maman, mais le petit doit se coucher de bonne heure.

— C'est ça, a dit papa, dépêche-toi de manger ton dessert, Nicolas, et au lit. Demain, il y a école.

— La fenêtre, il l'a cassée, papa ? j'ai demandé.

J'ai eu tort, parce que papa s'est fâché tout rouge, il m'a dit d'avaler cette tarte si je ne voulais pas en être privé.

— Et comment qu'il l'a cassée, la fenêtre ! Même qu'on lui a collé un drôle de zéro de conduite, m'a dit M. Labière !

— Hop ! Au lit ! a crié papa.

Il s'est levé de table, il m'a pris sous les bras et il m'a fait sauter en l'air en faisant : « Youp-là ! »

Moi, je mangeais encore de la tarte, de celle que j'aime, avec des cerises, et bien sûr, quand on se met à faire le guignol, alors, la tarte, elle tombe. Elle est même tombée sur le veston de papa, mais papa était tellement pressé que j'aille me coucher qu'il n'a rien dit.

Plus tard, j'ai entendu maman et papa qui montaient dans leur chambre.

— Ah, disait maman, combien de souvenirs doux et frais vous avez en commun !

— Ça va, ça va, a dit papa, qui n'avait pas l'air content, je ne suis pas près de le revoir, le Léon !

Eh bien moi, je trouve que c'est dommage de ne plus revoir M. Labière, je le trouvais plutôt chouette.

Surtout qu'aujourd'hui j'ai ramené un zéro de l'école et papa ne m'a rien dit.

La maison de Geoffroy

Geoffroy m'a invité à passer l'après-midi chez lui, aujourd'hui. Il m'a dit qu'il a aussi invité un tas d'autres petits amis, on va vraiment bien s'amuser !

Le papa de Geoffroy est très riche et il paie toutes sortes de choses à Geoffroy. Geoffroy, par exemple, aime bien se déguiser, alors son papa lui a acheté des tas et des tas de costumes. Moi, j'étais content d'aller chez Geoffroy, c'est la première fois et il paraît qu'il a une très belle maison.

C'est papa, mon papa à moi, qui m'a emmené chez Geoffroy. Avec l'auto on est entrés dans le parc qui est devant la maison de Geoffroy.

Papa regardait autour de lui tout en conduisant doucement, et il faisait des petits sifflements entre les dents. Puis nous l'avons vue ensemble : une piscine ! Une grande piscine en forme de rognon, avec de l'eau toute bleue et des tas de plongeoirs !

— Il en a de belles choses, Geoffroy, j'ai dit à papa, j'aimerais bien avoir des choses comme ça !

Papa, il avait l'air embêté. Il m'a laissé devant la porte de chez Geoffroy et il m'a dit :

— Je reviendrai te rechercher à six heures, ne mange pas trop de caviar !

Avant que j'aie pu lui demander ce que c'était le caviar, il est parti en vitesse avec son auto. Je ne sais pas pourquoi, mais il n'avait pas l'air d'aimer tellement la belle maison de Geoffroy.

J'ai sonné à la porte de la maison et ça m'a fait drôle, au lieu de faire dring comme chez nous, la sonnette a fait ding daing dong comme la pendule de tante Léone à trois heures. La porte s'est ouverte et j'ai vu un monsieur très bien habillé, très propre, mais un peu comique. Il portait un costume noir avec une veste longue derrière, déboutonnée devant, une chemise blanche, toute raide et un nœud papillon noir.

— Monsieur Geoffroy attend monsieur, il m'a dit, je vais conduire monsieur.

Je me suis retourné, mais c'est bien à moi qu'il parlait, alors je l'ai suivi. Il marchait tout raide, comme sa chemise, en appuyant très peu les pieds par terre, comme s'il ne voulait pas chiffonner les beaux tapis du papa de Geoffroy. J'ai essayé de marcher comme lui, on devait être drôles à voir, l'un derrière l'autre, comme ça.

Pendant qu'on montait un grand escalier, je lui ai demandé ce que c'était le caviar. Là, j'ai pas tellement aimé qu'il se moque de moi, le monsieur. Il m'a dit que c'était des œufs de poisson qu'on mangeait sur canapé. Remarquez, c'était assez rigolo de penser à des poissons en train de couver sur le canapé du salon. Nous sommes arrivés en haut de l'escalier, puis devant une porte. On entendait des bruits de l'autre côté de la porte, des cris, des aboiements. Le monsieur en noir s'est passé la main sur le front, il a eu l'air d'hésiter, puis il a ouvert la porte d'un seul coup, il m'a poussé

à l'intérieur de la pièce et il a vite refermé la porte derrière moi.

Tous mes petits amis étaient déjà là, y compris Hotdog, le chien de Geoffroy. Geoffroy était habillé en mousquetaire avec un grand chapeau à plumes et une épée. Il y avait aussi Alceste, le gros qui mange tout le temps, et puis il y avait Eudes, celui qui est si costaud et qui aime donner des coups de poing sur le nez des copains, pour rire, et tout un tas d'autres qui faisaient du bruit.

— Viens, m'a dit Alceste, la bouche pleine, viens Nicolas, on va jouer avec le train électrique de Geoffroy !

Il est formidable le train de Geoffroy !

On a fait de beaux déraillements. Là où ça s'est un peu gâté, c'est quand Eudes a attaché le wagon-restaurant à la queue de Hotdog qui s'est mis à courir en rond parce qu'il n'aimait pas ça du tout. Geoffroy n'aimait pas ça non plus, alors il a tiré son épée et il a crié :

— En garde !

Mais Eudes lui a donné un coup de poing sur le nez. À ce moment, la porte s'est ouverte et le monsieur en noir est entré.

— Un peu de calme, un peu de calme ! il a dit plusieurs fois.

J'ai demandé à Geoffroy si ce monsieur si bien habillé était de sa famille, mais Geoffroy m'a dit que non, que c'était Albert, le maître d'hôtel, et qu'il était chargé de nous surveiller. Alceste s'est souvenu qu'il avait vu des maîtres d'hôtel dans les films de mystère et que c'était toujours lui qui était l'assassin. M. Albert a regardé Alceste avec des yeux de poisson qui aurait pondu un trop gros caviar. Geoffroy nous a dit que ce serait une bonne idée d'aller à la piscine. On a tous été d'accord et nous sommes sortis en courant, suivis de M. Albert, que nous avions bousculé un peu en passant, et de Hotdog qui aboyait et qui faisait du bruit, parce qu'on avait oublié de lui enlever le wagon-restaurant. On a descendu l'escalier en glissant par la rampe, c'était chouette !

On s'est tous retrouvés à la piscine avec des slips et des maillots que Geoffroy nous a prêtés. Il n'y en avait pas pour Alceste qui est trop gros, Geoffroy voulait bien lui prêter deux slips, mais Alceste lui a dit que ce n'était pas la peine, qu'il ne pouvait pas se baigner parce qu'il venait de manger. Pauvre Alceste ! Comme il mange tout le temps, il ne peut jamais se baigner.

On a tous plongé et on a fait des choses formidables : on a fait la baleine, le sous-marin, le noyé, le dauphin. On faisait des concours pour voir celui qui reste le plus longtemps sous l'eau, quand M. Albert, qui nous surveillait du haut d'un plongeoir, pour ne pas être éclaboussé, nous a dit de sortir, qu'il était l'heure d'aller goûter. Quand on est sortis de l'eau, M. Albert s'est aperçu qu'Eudes était resté au fond de la piscine. M. Albert a fait un chouette plongeon, tout habillé, et il a ramené Eudes. Nous avons tous applaudi, sauf Eudes qui était furieux parce qu'il était en train de battre un record pour rester sous l'eau et qui a donné un coup de poing sur le nez de M. Albert.

On s'est habillés (Geoffroy s'est mis en Peau-Rouge, plein de plumes) et on est allés goûter dans la salle à manger de Geoffroy qui est grande comme un restaurant. C'était très bon, mais, bien sûr, on n'a pas eu de caviar, c'était de la blague. M. Albert, qui était allé se changer, est revenu. Il avait une chemise à carreaux et une veste sport, verte. Il avait aussi un nez tout rouge et il regardait Eudes comme s'il allait, lui aussi, lui donner un coup de poing sur le nez.

Après, on est encore allés jouer. Geoffroy nous a emmenés dans le garage et il nous a montré ses trois vélos et une petite auto à pédales, toute rouge, avec des phares qui s'allument.

— Hein ? nous a dit Geoffroy, vous avez vu ? J'ai

tout ce que je veux comme jouets, mon papa il me donne de tout !

Ça ne m'a pas tellement plu et je lui ai dit que bah ! tout ça ce n'était rien, que nous avions, dans le grenier, à la maison, une auto formidable que mon papa avait faite, quand il était petit, avec des caisses en bois et que mon papa disait que des choses comme ça, ça ne se trouvait pas dans le commerce. Je lui ai dit aussi que le papa de Geoffroy ne serait pas capable de faire une auto comme ça. On discutait, quand M. Albert est venu me prévenir que mon papa était venu me chercher.

Dans l'auto, j'ai raconté à papa tout ce que nous avions fait et tous les jouets qu'avait Geoffroy. Papa, il m'écoutait et il ne disait rien.

Ce soir-là, on a vu s'arrêter devant la maison la grande voiture brillante du papa de Geoffroy. Le papa de Geoffroy avait l'air embêté, il a parlé avec mon papa. Il lui a demandé s'il pouvait lui vendre l'auto qui était dans le grenier, parce que Geoffroy voulait qu'il lui en fasse une, mais il ne savait pas comment s'y prendre. Papa, alors, lui a dit qu'il ne pouvait pas lui vendre cette auto, qu'il y tenait beaucoup, mais qu'il voulait bien lui apprendre comment en faire une. Le papa de Geoffroy est parti tout content en disant merci, merci, et qu'il allait revenir le lendemain pour apprendre.

Papa aussi il était content. Quand le papa de Geoffroy est parti, papa se promenait partout avec la poitrine toute gonflée, il me caressait la tête et il disait :

— Hé ! hé ! Hé ! hé !

Excuses

Ce qui est drôlement pratique, pour l'école, ce sont les excuses. Les excuses, ce sont les lettres ou les cartes de visite que vous donne votre père et où il écrit à la maîtresse pour lui demander de ne pas vous punir d'être arrivé en retard ou de ne pas avoir fait vos devoirs. Ce qui est embêtant, c'est que l'excuse doit être signée par votre père, et aussi avoir la date, pour qu'elle ne puisse pas servir pour n'importe quel jour. La maîtresse n'aime pas beaucoup les excuses, et il faut faire attention parce que ça peut faire des histoires, comme la fois où Clotaire a apporté une excuse tapée à la machine. Et la maîtresse a reconnu les fautes d'orthographe de Clotaire, et elle a envoyé Clotaire chez le directeur, qui voulait mettre Clotaire à la porte, mais malheureusement il n'a été que suspendu, et son père, pour le consoler, lui a payé un chouette camion de pompiers avec une sirène qui marche, à Clotaire.

La maîtresse nous avait donné pour demain un problème d'arithmétique drôlement difficile, avec une histoire de fermier qui a des tas de poules qui pondent des tas d'œufs, et moi je n'aime pas les devoirs

Chere Mademoisel
Notre Petit Clotaire a été
malade et il a pas pu
faire sont devoir il été
vrément très malade
il ne faut pas le pun

d'arithmétique, parce que quand j'en ai, on se dispute toujours avec papa et maman.

— Qu'est-ce qu'il y a encore, Nicolas ? m'a demandé maman, quand je suis rentré à la maison, après l'école. Tu en fais une tête !

— J'ai un problème d'arithmétique pour demain, je lui ai répondu.

Maman a poussé un gros soupir, elle a dit que ça faisait longtemps, que je goûte en vitesse, que j'aille vite faire mes devoirs et qu'elle ne voulait plus m'entendre.

— Mais, je ne sais pas le faire, mon problème d'arithmétique, j'ai dit.

— Ah ! Nicolas, m'a dit maman, ça ne va pas recommencer, hein ?

Alors, moi, je me suis mis à pleurer, j'ai dit que c'était pas juste, qu'on nous donnait des problèmes trop difficiles à l'école, et que papa devrait aller voir la maîtresse pour se plaindre, et que j'en avais assez, et que si on continuait à me donner des problèmes d'arithmétique, je ne retournerais plus jamais à l'école.

— Écoute, Nicolas, m'a dit maman. J'ai beaucoup de travail et je n'ai pas le temps de discuter avec toi. Alors tu vas monter dans ta chambre, essayer de faire ton problème, et si tu ne réussis pas, eh bien, quand papa viendra, il t'aidera.

Alors je suis monté dans ma chambre, j'ai attendu papa en jouant avec ma nouvelle petite auto bleue que m'a envoyée mémé, et quand papa est arrivé, je suis descendu en courant, avec mon cahier.

— Papa ! Papa ! j'ai crié. J'ai un problème d'arithmétique !

— Eh bien ! fais-le, mon lapin, a dit papa. Comme un grand garçon.

— Je ne sais pas le faire, moi, je lui ai expliqué, à papa. Il faut que tu me le fasses.

Papa, qui s'était assis dans le fauteuil du salon et qui avait déplié son journal, a fait un très gros soupir.

— Nicolas, a dit papa, je t'ai déjà répété cent fois qu'il faut que tu fasses toi-même tes devoirs. Tu vas à l'école pour t'instruire ; ça ne sert à rien que ce soit moi qui fasse tes devoirs. Plus tard, tu me remercieras. Tu n'as pas envie de devenir ignorant, tout de même, non ? Alors, va faire ton problème et laisse-moi lire mon journal !

— Mais maman m'a dit que c'est toi qui le ferais ! j'ai dit.

Papa a laissé tomber le journal sur ses genoux et il a crié :

— Ah ! elle a dit ça, maman ? Eh bien, elle a eu tort de dire ça, maman ! Et maintenant, laisse-moi tranquille. Compris ?

Alors je me suis remis à pleurer, j'ai dit que je ne savais pas le faire, le problème, et que je me tuerais si on ne me le faisait pas. Et maman est arrivée en courant.

— Ah non, je vous en supplie ! a crié maman. Je suis fatiguée, j'ai la migraine et vous allez me rendre malade avec vos cris ! Qu'est-ce qui se passe encore ?

— Papa ne veut pas faire mon problème ! j'ai expliqué.

— Figure-toi, a dit papa à maman, que je trouve que ce n'est pas très rationnel, comme méthode d'éducation, que de faire les devoirs à la place du petit ; ce n'est pas comme ça qu'il arrivera à quelque chose dans la vie. Et je te serais reconnaissant de ne pas lui faire des promesses en mon nom !

— Ah ! bravo, a dit maman à papa. Fais-moi des observations devant le petit, maintenant ! C'est ça !

Bravo ! Ça c'est rationnel comme méthode d'éducation !

Et maman a dit qu'elle en avait assez de cette maison, qu'elle travaillait toute la journée, et que pour les remerciements qu'elle en avait, elle préférait retourner chez sa mère (ma mémé, celle qui m'a donné la petite auto bleue) et que tout ce qu'elle voulait c'était un peu de paix, si ce n'était pas trop demander.

Alors, papa s'est passé la main sur la figure, du front jusqu'au menton.

— Bon, bon, il a dit. Ne dramatisons pas. Montre-moi voir ce fameux problème, Nicolas, et que l'on n'en parle plus.

J'ai donné mon cahier à papa, il a lu le problème, il l'a relu, il a ouvert des grands yeux, il a jeté le cahier sur le tapis et puis il a crié :

— Ah ! et puis non, non et non ! Moi aussi, je suis fatigué ! Moi aussi, je suis malade ! Moi aussi, je travaille toute la journée ! Moi aussi, quand je reviens à la maison, je veux un peu de calme et de tranquillité ! Et je n'ai pas, aussi surprenant que cela puisse vous paraître, l'envie de faire des problèmes d'arithmétique !

— Alors, j'ai dit, fais-moi une excuse pour la maîtresse.

— Je l'attendais, celle-là ! a crié papa. Jamais de la vie ! Ce serait trop facile ! Tu n'as qu'à faire ton problème, comme tout le monde !

— Moi aussi, je suis malade ! j'ai crié. Moi aussi, je suis drôlement fatigué !

— Écoute, a dit maman à papa, je trouve, en effet, que le petit n'est pas bien ; il est tout pâlot. Il faut dire qu'on les surcharge de travail, à l'école, et il n'est pas encore tout à fait remis de son angine. Je me demande s'il ne vaut pas mieux qu'il se repose un peu ce soir, qu'il se couche de bonne heure. Après tout, ce n'est pas si terrible si, pour une fois, il ne fait pas son problème.

Papa a réfléchi, et puis il a dit que bon, mais que c'était bien parce que ce soir, on était tous malades. Alors, moi, j'ai été drôlement content, j'ai embrassé papa, j'ai embrassé maman et j'ai fait une galipette sur le tapis. Papa et maman ont rigolé et papa a pris une de ses cartes de visite — les nouvelles, avec les lettres qui brillent — et il a écrit dessus :

« Mademoiselle, je vous présente mes salutations et vous prie d'excuser Nicolas de n'avoir pas fait son devoir d'arithmétique. En effet, il est rentré ce soir de l'école un peu fiévreux et nous avons préféré l'aliter. »

— Mais je te préviens, Nicolas, a dit papa. C'est la dernière fois cette année que je te fais une excuse ! C'est bien compris ?

— Oh ! oui, papa ! j'ai dit.

Papa a mis la date, il a signé, et maman nous a dit que le dîner était prêt. C'était très chouette, parce qu'il y avait du rôti, des petites pommes de terre et que tout le monde était content.

Quand je suis arrivé à l'école, ce matin, les copains parlaient du problème d'arithmétique.

— Moi, comme réponse, ça me donne 3 508 œufs, a dit Geoffroy.

Eudes, ça l'a fait drôlement rigoler, ça.

— Hé, les gars ! il a crié. À Geoffroy, ça lui fait 3 508 œufs !

— À moi aussi, a dit Agnan, qui est le premier de la classe et le chouchou à la maîtresse.

Alors, Eudes s'est arrêté de rigoler et il est parti au fond de la cour pour faire des corrections sur son cahier.

Joachim et Maixent avaient le même résultat : 3,76 œufs. Quand il y a des devoirs difficiles, Joachim et Maixent se téléphonent et la maîtresse leur met souvent un zéro à chacun. Mais cette fois-ci, ils nous ont dit qu'ils étaient tranquilles, parce que c'étaient leurs pères qui s'étaient téléphoné.

— Et toi, tu as combien ? m'a demandé Alceste.

— Moi, je n'ai rien du tout, j'ai dit. Moi, j'ai une excuse.

Et j'ai montré la carte de visite de papa aux copains.

— Tu en as de la veine, a dit Clotaire. Moi, mon père ne veut plus m'écrire de lettres d'excuses, depuis que j'ai été suspendu pour la dernière qu'il m'a faite.

— Moi non plus, il ne veut pas me faire d'excuses, mon père, a dit Rufus. Et puis, ça fait tellement d'histoires pour avoir une lettre d'excuses, à la maison, que j'aime mieux essayer de faire mon problème.

— Chez moi non plus, ça n'a pas été facile, j'ai dit. Et mon père m'a dit qu'il ne m'en refera plus cette année.

— Il a raison, a dit Geoffroy. Il ne faut pas que ce soit toujours le même qui apporte des excuses. Et la maîtresse ne marcherait pas si tous les copains on apportait des excuses le même jour.

— Ouais ! a dit Alceste. T'as de la chance que personne d'autre n'ait apporté d'excuses ce matin.

Et puis la cloche a sonné et nous sommes allés nous mettre en rangs. Et le directeur est venu, et il nous a dit :

— Mes enfants, c'est le Bouil… c'est M. Dubon qui va vous surveiller. En effet, votre maîtresse est souffrante, et elle s'est excusée pour aujourd'hui.

(1611-1673)

Quand on sort de l'école, le mercredi soir, on est tous drôlement contents : d'abord, parce qu'on sort de l'école, ensuite parce que le lendemain, c'est jeudi et on ne retourne pas à l'école et puis parce qu'on passe devant le cinéma du quartier, et c'est le jour où ils changent le programme et nous on voit ce qu'ils donnent, et si c'est un film chouette, à la maison on demande à nos papas et à nos mamans de nous donner des sous pour aller le voir le lendemain, et quelquefois ça marche — pas toujours, surtout si on a fait les guignols à l'école et si on a eu des mauvaises notes.

Et là, on a vu qu'ils donnaient un film terrible ; ça s'appelait *Le Retour de d'Artagnan* et il y avait plein de photos avec des mousquetaires dessus, qui se battaient avec des épées et qui étaient habillés avec des grands chapeaux à plumes, des bottes et des grands pardessus, comme la panoplie que Geoffroy a eue pour son anniversaire. Et la maîtresse l'a grondé quand il est venu en classe habillé comme ça !

— Moi, je suis dans les vingt-cinq premiers, cette semaine, a dit Joachim : mon papa me donnera sûrement des sous pour aller voir le film.

— Moi, a dit Eudes, mon papa, je le regarde droit dans les yeux et il me donne toujours ce que je veux.

— Il te donne des claques, oui, a dit Maixent.

— T'en veux une tout de suite ? a demandé Eudes.

— En garde ! a crié Maixent.

Et avec les règles qu'ils ont sorties de leurs cartables, ils ont commencé à faire les mousquetaires : tchaf, tchaf, tchaf, ventre-saint-gris !

— Vous savez que d'Artagnan a vraiment existé, a dit Agnan. J'ai lu un livre où on expliquait qu'il s'appelait Charles de Batz, qu'il est né à Lupiac dans le Gers, et qu'il est mort à Maestricht (1611-1673).

Mais comme Agnan c'est le premier de la classe et le chouchou de la maîtresse, nous on ne l'aime pas trop, alors on ne lui a même pas répondu, et puis on était trop occupés à faire les mousquetaires avec nos règles, tchaf, tchaf, tchaf, ventre-saint-gris, jusqu'à ce que la caissière du cinéma soit sortie pour nous dire de partir, qu'on empêchait les gens d'entrer voir le film. Alors, nous sommes tous partis et nous nous sommes donné rendez-vous pour le lendemain à deux heures dans le cinéma. Parce que, quand on y va à deux heures, on peut rester voir le film deux fois et demie. La troisième fois, ça se termine trop tard, on se fait gronder en rentrant chez nous et ça fait des histoires.

À la maison, j'ai attendu papa, qui sort plus tard de son bureau que moi de l'école, mais il n'a pas de devoirs, et quand il est arrivé, je lui ai dit :

— Papa, tu me donnes des sous pour aller au cinéma demain ?

— Tu as eu un zéro en grammaire, cette semaine, Nicolas, m'a dit papa, et je t'ai déjà dit que tu n'irais pas au cinéma.

d'ARTAGNAN

— Oh ! dis, papa, j'ai dit, oh, dis, papa !

— Inutile de pleurnicher, Nicolas, a dit papa. Demain, tu resteras à la maison pour faire des exercices de grammaire. Je ne veux pas avoir un fils ignorant, qui ne sait rien de rien. Plus tard, tu me remercieras.

— Si tu me donnes des sous, je te remercierai tout de suite, j'ai dit.

— Assez, Nicolas ! a dit papa. Je ne serai pas toujours là pour te donner des sous ; un jour, il faudra que tu les gagnes toi-même. Et si tu es ignorant, tu ne pourras jamais aller au cinéma.

J'ai pleuré un peu, pour voir, mais ça n'a pas marché.

— Suffit ! a crié papa. Et puis je veux dîner de bonne heure et écouter, après, la radio tranquillement !

Alors, j'ai boudé.

Après dîner, papa s'est mis devant la radio. Il y a une émission qu'il aime drôlement : c'est celle où un monsieur qui crie et qui parle beaucoup, il est rigolo comme tout, pose des questions à d'autres messieurs qui parlent beaucoup moins. Quand le monsieur à qui on a posé la question répond, tout le monde se met à crier et il a gagné. Alors, il peut s'en aller avec des tas de sous qu'on lui donne, ou rester pour que le monsieur qui lui a posé la question lui en pose une autre. Si le monsieur qui a répondu répond encore, on lui donne le double des sous, et les gens crient deux fois plus fort. S'il ne répond pas, le monsieur qui pose les questions est tout triste, et il ne lui donne pas de sous du tout, et les gens font : « Oh ! »

Ce soir-là, le monsieur qui était dans la radio, il répondait à toutes les questions, et le monsieur qui parle beaucoup et papa étaient très contents.

— Il est formidable, a dit papa. En voilà un qui devait avoir de bonnes notes à l'école, hein, Nicolas ?

Moi, je n'ai pas trop répondu, parce que j'étais encore en train de bouder. C'est vrai, quoi, à la fin, c'est pas juste ! Pour une fois qu'on donne un film qui me plaît au cinéma, pourquoi je n'aurais pas le droit d'y aller ? C'est toujours comme ça : chaque fois que je veux quelque chose, on me le défend. Un jour, je partirai de la maison, et on me regrettera bien, et on dira : « Quel dommage qu'on n'a pas donné des sous à Nicolas pour qu'il aille au cinéma. » Et puis, après tout, j'ai eu zéro en grammaire, mais en lecture, j'ai eu 14, je suis très fort en lecture, et peut-être que si je promets à papa de bien travailler en grammaire la semaine prochaine, il me donnera des sous pour le cinéma, et si je peux aller voir le film, c'est promis, je travaillerai drôlement.

— Dis, papa… j'ai dit.

— Tais-toi, Nicolas ! a crié papa, laisse-moi écouter la radio.

— Monsieur, a dit le monsieur de la radio, pour un million vingt-quatre mille anciens francs : un personnage rendu célèbre par un roman est né à Lupiac. Qui était-il ? Quelles sont ses dates de naissance et de mort ? Où est-il mort ?

— Dis, papa, pour les sous, je te promets que je travaillerai drôlement bien à l'école, surtout en grammaire, j'ai dit.

— Silence, Nicolas ! a crié papa, je veux entendre la réponse.

— C'est Charles de Batz d'Artagnan, j'ai dit ; il est né à Lupiac, dans le Gers, il est mort à Maestricht (1611-1673) ; alors pour les sous, tu me les donnes ?

— Nicolas ! a crié papa, tu es insupportable ! Tu m'as empêché d'entendre la…

— Oui, monsieur, bravo, monsieur ! a crié le monsieur de la radio. Il s'agit en effet de Charles de Batz, seigneur d'Artagnan, né à Lupiac, dans le Gers, et mort à Maestricht (1611-1673) !...

Mon papa, c'est le plus chouette de tous les papas ; il m'a donné des sous pour aller au cinéma.

Ce que je ne comprends pas, c'est pourquoi papa me regarde maintenant tout le temps avec des gros yeux ronds.

Le chouette lapin

C'était drôlement chouette à l'école, aujourd'hui ! Comme nous avions été très sages pendant presque toute la semaine, la maîtresse a apporté de la pâte à modeler, elle nous en a donné un peu à chacun, et elle nous a appris à faire un petit lapin, avec de grandes oreilles.

Mon lapin, c'était le meilleur lapin de la classe, c'est la maîtresse qui l'a dit. Agnan n'était pas content et il disait que ce n'était pas juste, que son lapin était aussi bien que le mien, que j'avais copié ; mais bien sûr, ce n'était pas vrai. Ce qu'il y a avec Agnan, c'est que, comme il est le premier de la classe et le chouchou de la maîtresse, il n'aime pas quand quelqu'un d'autre se fait féliciter à sa place ; et pendant qu'Agnan pleurait, la maîtresse a puni les copains parce qu'au lieu de faire des lapins, ils se battaient avec la pâte à modeler.

Alceste, il ne se battait pas, mais il n'avait pas voulu faire de lapin ; il avait goûté à la pâte à modeler et ça ne lui avait pas plu, et la maîtresse a dit que c'était bien la dernière fois qu'elle essayait de nous faire plaisir. Ça a été vraiment une chouette classe.

Je suis rentré à la maison drôlement content, avec

mon lapin dans la main pour qu'il ne soit pas aplati dans mon cartable. Je suis entré en courant dans la cuisine et j'ai crié :

— Regarde, maman !

Maman a poussé un cri et elle s'est retournée d'un coup.

— Nicolas, elle a dit maman, combien de fois faut-il que je te demande de ne pas entrer dans la cuisine comme un sauvage ?

Alors moi j'ai montré mon lapin à maman.

— Bon, va te laver les mains, a dit maman. Le goûter est prêt.

— Mais regarde mon lapin, maman, j'ai dit. La maîtresse a dit que c'était le plus chouette de toute la classe.

— Très bien, très bien, a dit maman. Maintenant, va te préparer.

Mais moi, j'ai bien vu que maman n'avait pas regardé mon lapin. Quand elle dit : « Très bien, très bien », comme ça, c'est qu'elle ne regarde pas vraiment.

— Tu ne l'as pas regardé, mon lapin, j'ai dit.

— Nicolas ! a crié maman. Je t'ai déjà demandé d'aller te préparer pour le goûter ! Je suis assez énervée comme ça pour que tu ne sois pas insupportable ! Je ne supporterai pas que tu sois insupportable !

Alors, là, c'était un peu fort ! Moi, je fais un lapin terrible, la maîtresse dit que c'est le meilleur de toute la classe, même ce chouchou d'Agnan est jaloux, et à la maison on me gronde !

C'est drôlement pas juste, c'est vrai, quoi, à la fin !

Et j'ai donné un coup de pied dans le tabouret de la cuisine et je suis sorti en courant, et je suis entré dans ma chambre pour bouder, et je me suis jeté sur mon lit, mais avant j'ai mis mon lapin sur le pupitre, pour ne pas l'écraser.

Et puis Maman est entrée dans ma chambre.

— Ce n'est pas un peu fini, Nicolas, ces manières ? elle m'a dit. Tu vas descendre goûter si tu ne veux pas que je raconte tout à papa.

— Tu n'as pas regardé mon lapin ! j'ai dit.

— Bon, bon, bon ! m'a dit maman. Je le vois, ton lapin. Il est très joli, ton lapin. Là, tu es content ? Maintenant, tu vas être sage ou je vais me fâcher.

— Il ne te plaît pas, mon lapin ? j'ai dit, et je me suis mis à pleurer, parce que c'est vrai, c'est pas la peine de bien étudier à l'école si après, chez vous, on n'aime pas vos lapins.

Et puis on a entendu la voix de papa, d'en bas.

— Où est tout le monde ? a crié papa. Je suis là ! Je suis revenu de bonne heure !

Et puis papa est entré dans ma chambre.

— Eh bien ? il a demandé. Qu'est-ce qui se passe ici ? On entend des hurlements depuis le jardin !

— Il se passe, a dit maman, que Nicolas est insupportable depuis qu'il est revenu de l'école. Voilà ce qui se passe !

— Je ne suis pas insupportable, j'ai dit.

— Un peu de calme, a dit papa.

— Bravo ! a dit maman. Bravo ! Donne-lui raison contre moi. Après tu seras le premier étonné quand il tournera mal !

— Moi, je lui donne raison contre toi ? a dit papa. Mais je ne donne raison à personne, moi ! J'arrive de bonne heure, exceptionnellement, et je trouve un drame à la maison. Moi qui me réjouissais de rentrer si tôt après une dure journée, c'est réussi !

— Et moi ? a demandé maman, tu crois qu'elles ne sont pas dures, mes journées ? Toi tu sors, tu vois du monde. Moi, je suis ici comme une esclave, à travailler pour rendre cette maison vivable, et en plus il faut que je supporte la mauvaise humeur de ces messieurs.

— Moi, je suis de mauvaise humeur ? a crié papa en donnant un coup de poing sur mon pupitre, et j'ai eu peur parce qu'il a failli avoir mon lapin, et ça, ça l'aurait drôlement aplati.

— Parfaitement que tu es de mauvaise humeur, a dit maman. Et je crois que tu ferais mieux de ne pas crier devant le petit !

— Il me semble que ce ne n'est pas moi qui le faisais pleurer, le petit, a dit papa.

— C'est ça, c'est ça, dis tout de suite que je le martyrise, a dit maman.

Alors, papa a mis ses poings de chaque côté de sa figure et il a commencé à faire des tas de grands pas dans ma chambre, et comme ma chambre est petite, il devait tourner tout le temps.

— On va me rendre fou, ici ! il criait papa. On va me rendre fou !

Alors, maman s'est assise sur mon lit, elle a commencé à respirer des tas de fois, et puis elle s'est mise à pleurer, et moi je n'aime pas quand ma maman pleure, alors j'ai pleuré aussi, papa s'est arrêté de marcher, il nous a regardés et puis il s'est assis à côté de maman, il lui a passé son bras autour des épaules, il a sorti son mouchoir et il l'a donné à maman qui s'est mouchée très fort.

— Allons, allons, chérie, a dit papa. Nous sommes

ridicules de nous emporter comme ça. Nous sommes tous énervés… Nicolas, mouche-toi… et c'est pour ça que nous disons n'importe quoi.

— Tu as raison, a dit maman. Mais qu'est-ce que tu veux, quand il fait orageux comme aujourd'hui, et que le petit…

— Mais oui, mais oui, a dit papa. Je suis sûr que tout va s'arranger. Il faut un peu de psychologie avec les enfants, tu le sais bien. Attends, tu vas voir.

Et puis papa s'est tourné vers moi et il m'a passé sa main sur les cheveux.

— N'est-ce pas, a dit papa, que mon Nicolas va être très gentil avec maman et qu'il va lui demander pardon ?

Moi, j'ai dit que oui, parce que le moment le plus chouette, à la maison, c'est quand nous terminons nos disputes.

— J'ai été un peu injuste avec lui, a dit maman. Tu sais qu'il a très bien travaillé à l'école, notre Nicolas. La maîtresse l'a félicité devant tous ses petits camarades.

— Mais c'est très bien, ça, a dit papa. C'est magnifique ! Vous voyez bien qu'il n'y a pas de quoi pleurer. Mais avec tout ça, j'ai faim, et c'est l'heure du goûter. Après, Nicolas va me raconter ses succès.

Et papa et maman ont rigolé ; alors, moi j'étais drôlement content, et pendant que papa embrassait maman, je suis allé prendre mon chouette lapin pour le montrer à papa.

Et papa s'est retourné et il m'a dit :

— Allons, Nicolas, maintenant que tout va bien, tu vas être raisonnable, hein ? Alors, va jeter cette cochonnerie que tu tiens là, lave-toi bien les mains et allons goûter tranquillement.

L'anniversaire de Clotaire

Il y a une fête terrible, cet après-midi, chez Clotaire. Clotaire, c'est un copain qui est le dernier de la classe, c'est son anniversaire, et nous sommes tous invités pour le goûter.

Quand je suis arrivé chez Clotaire, tout le monde était déjà là. Maman m'a embrassé, elle m'a dit qu'elle viendrait me chercher à six heures, et elle m'a demandé d'être sage. Je lui ai répondu, bien sûr, que je serais sage comme d'habitude, et maman m'a regardé, et elle m'a dit qu'elle verrait si elle ne pouvait pas venir vers cinq heures et demie.

C'est Clotaire qui m'avait ouvert la porte :

— Qu'est-ce que tu m'as apporté comme cadeau, toi ? il m'a demandé.

Je lui ai donné le paquet, il l'a ouvert, c'était un livre de géographie avec des images et des cartes.

— Merci quand même, il m'a dit Clotaire, et il m'a emmené dans la salle à manger, où étaient les autres, pour goûter.

Dans un coin, j'ai vu mon ami Alceste : c'est un gros qui mange beaucoup, il tenait un paquet dans sa main.

— Tu ne l'as pas donné, ton cadeau ? je lui ai demandé.

— Ben oui, il m'a répondu, je lui ai donné ; ce paquet, ce n'est pas un cadeau, c'est à moi, et il a ouvert le paquet, et il en a sorti un sandwich au fromage qu'il s'est mis à manger.

Les parents de Clotaire étaient là, ils sont très gentils.

— Allons, les enfants, à table ! a dit le papa de Clotaire.

On a tous couru vers les chaises, et Geoffroy, pour rire, a fait un croche-pied à Eudes, qui est tombé sur Agnan, qui s'est mis à pleurer. Agnan, il pleure tout le temps. Ce n'était pas malin de faire un croche-pied à Eudes, parce qu'il est très fort et il aime donner des coups de poing sur les nez, et ça n'a pas raté pour Geoffroy, qui s'est mis à saigner sur la nappe, et ce n'était pas gentil pour la maman de Clotaire, qui avait mis une nappe toute propre. Ça ne lui a pas plu, d'ailleurs, tout ça, à la maman de Clotaire, elle nous a dit :

— Si vous ne vous conduisez pas bien, j'appelle vos parents et je leur dis de vous remmener tout de suite chez vous !

Mais le papa de Clotaire a dit :

— Du calme, chérie. Ce sont des enfants, ils s'amusent et ils vont être bien sages, n'est-ce pas, les amis ?

— Je ne m'amuse pas, je souffre horriblement, a répondu Agnan, qui cherchait ses lunettes et qui parle très bien, parce que c'est le premier de la classe.

— Moi, j'ai apporté un cadeau, j'ai droit au goûter, vous ne me ferez pas partir avant ! a crié Alceste en crachant des petits bouts de sandwich au fromage.

— Assis ! a crié le papa de Clotaire, et il ne riait pas.

On s'est mis autour de la table, et, tandis que la

maman de Clotaire nous servait le chocolat, le papa nous donnait des chapeaux en papier pour mettre sur la tête ; lui, il avait mis un chapeau de marin avec un pompon rouge.

— Si vous êtes sages, après le goûter, je ferai le guignol, il nous a dit.

— Avec un chapeau comme ça, vous n'aurez pas de mal, a dit Eudes, et le papa de Clotaire lui a mis un chapeau sur la tête, mais il n'est pas très adroit, parce qu'il le lui a enfoncé jusqu'au cou.

Le goûter était plutôt bien, avec des tas de gâteaux, et puis on a apporté le gâteau d'anniversaire avec des bougies et on pouvait lire, écrit avec de la crème blanche : « Bon Aniversère ». Clotaire était tout fier.

— C'est moi qui ai écrit ça sur le gâteau, il nous a dit.

— Tu les souffles, les bougies, qu'on puisse manger ? a demandé Alceste.

Clotaire a soufflé et nous avons mangé et Rufus a dû partir en courant avec la maman de Clotaire parce qu'il était malade.

— Et maintenant que vous avez fini de goûter, vous allez venir dans le salon, a dit le papa de Clotaire, je vais faire le guignol.

Et le papa de Clotaire s'est vite retourné pour regarder Eudes qui n'a rien dit. C'est Alceste qui a dit. Il a dit :

— Alors, quoi ? C'est fini, le goûter ?

— Au salon ! a crié le papa de Clotaire.

Moi, j'étais tout content parce que j'aime beaucoup le guignol. Il est drôlement chouette, le papa de Clotaire ! Dans le salon, ils avaient mis les chaises et les fauteuils en rang, devant le théâtre guignol.

— Surveille-les, a dit le papa de Clotaire à la maman de Clotaire.

Mais la maman de Clotaire a répondu qu'elle devait nettoyer la salle à manger, et elle est partie.

— Bon, nous a dit le papa de Clotaire, vous vous installez gentiment, et moi je vais aller derrière le guignol pour commencer la séance.

Nous on s'est assis sagement ; on n'a renversé qu'une chaise, c'est dommage qu'il y avait Agnan dessus, qui s'est mis à pleurer. Le rideau de guignol s'est ouvert, mais au lieu de voir les marionnettes, on a vu la tête du père de Clotaire, tout rouge et pas content.

— Vous allez vous tenir tranquilles, oui ? il a crié.

Et Eudes s'est mis à applaudir et il a dit que le papa de Clotaire était formidable en guignol. Le papa de Clotaire a regardé Eudes, il a poussé un gros soupir et sa tête a disparu.

Derrière le guignol, le papa de Clotaire a frappé trois coups pour prévenir que la séance allait commencer ; le rideau s'est ouvert et nous avons vu Guignol avec un bâton dans les bras et qui voulait rosser le gendarme, ce qui a vexé Rufus, parce que son papa est agent de police. Eudes, lui, était déçu, il trouvait que la première partie du programme était plus drôle, avec la tête du papa de Clotaire. Moi, je trouvais ça plutôt bien, et le papa de Clotaire se donnait à fond, il faisait la dispute de Guignol avec la femme de Guignol et il changeait de voix, ce qui ne doit pas être facile.

Je n'ai pas vu la suite de la pièce, parce que Alceste, qui était sorti voir s'il restait quelque chose sur la table de la salle à manger, est revenu et il nous a dit :

— Oh ! les gars, ils ont la télévision !

Alors, nous sommes tous allés voir, et c'était formidable parce que c'était l'heure où ils passent un film d'aventures très chouette, avec des gens habillés en fer. C'est une histoire de l'ancien temps, avec le jeune homme qui vole de l'argent aux riches pour le donner aux pauvres, et il paraît que c'est très bien de faire ça, la preuve, c'est que tout le monde l'aimait beaucoup, le jeune homme, sauf les méchants, qui étaient ceux à qui le jeune homme volait de l'argent. Geoffroy était en train de nous expliquer que son papa lui avait acheté une de ces armures en fer, et que la prochaine fois il viendrait avec son armure à l'école, quand on a entendu derrière nous une grosse voix qui criait très fort :

— Est-ce que vous vous fichez de moi ?

Nous nous somme retournés et nous avons vu le papa de Clotaire ; il avait l'air fâché, mais il était très drôle avec son chapeau de marin et une marionnette sur chaque main. Rufus a eu tort de rire parce que le papa de Clotaire lui a donné une gifle avec le gen-

darme, ça a dû lui rappeler son papa, à Rufus, mais ça ne lui a pas plu et il s'est mis à crier. La maman de Clotaire est venue en courant de la cuisine pour voir ce qui se passait et Alceste lui a demandé s'il ne restait pas encore quelque chose à manger.

— Assez ! Silence ! a crié le papa de Clotaire en donnant un coup de poing sur la télévision qui s'est arrêtée après avoir fait un drôle de bruit, et c'est dommage parce que moi je regardais et c'était juste quand le jeune homme allait être pendu par les méchants volés, et j'espère bien qu'il va s'en tirer.

La maman de Clotaire disait au papa de Clotaire de se calmer, que nous étions des enfants, et que c'était lui, après tout, qui avait eu l'idée de faire cette fête et d'inviter les petits amis de Clotaire. Clotaire, lui, il pleurait parce que la télévision ne voulait plus se rallumer ; on s'amusait tous vraiment bien, mais il était déjà six heures et nos papas et nos mamans sont venus nous chercher pour nous ramener chez nous.

Le lendemain, à l'école, Clotaire était tout triste ; il nous a dit qu'à cause de nous il ne pourrait pas conduire une locomotive. Il nous a expliqué qu'il voulait conduire une locomotive quand il serait grand, mais après la fête d'hier, il ne grandirait plus parce que son papa lui a dit qu'il n'aurait plus jamais d'anniversaires.

Ça y est, on l'a !

Ça y est ! On va en avoir une ! Comme celle qu'il y a chez Clotaire, qui est un copain de l'école et qui est le dernier de la classe, mais il est très gentil, s'il est le dernier, c'est parce qu'il n'est pas fort en arithmétique, en grammaire, en histoire et en géographie, c'est en dessin qu'il se débrouille le mieux, il est avant-dernier, parce que Maixent est gaucher. Papa ne voulait rien savoir, il disait que ça m'empêcherait de travailler et que je serais dernier de la classe, moi aussi. Et puis il a dit que c'était très mauvais pour les yeux et que nous n'aurions plus de conversations dans la famille et qu'on ne lirait plus jamais de bons livres. Et puis, maman a dit qu'après tout, ça ne serait pas une si mauvaise idée et papa s'est décidé à l'acheter, le poste de télévision.

C'est aujourd'hui qu'on doit l'apporter, le poste. Moi, je suis drôlement impatient ; papa, il n'a l'air de rien, mais il est impatient, lui aussi, surtout depuis qu'il a prévenu M. Blédurt, notre voisin, qui, lui, n'a pas la télévision.

Enfin, le camion est arrivé devant notre maison et nous en avons vu sortir le monsieur qui portait le poste, ça avait l'air très lourd.

— C’est pour ici, le poste ? a demandé le monsieur.

Papa lui a dit que oui, mais il lui a demandé d’attendre un petit moment avant d’entrer dans la maison. Papa s’est approché de la haie qui sépare notre jardin de celui de M. Blédurt et il a crié :

— Blédurt ! Viens voir !

M. Blédurt, qui devait nous regarder de sa fenêtre, est sorti tout de suite.

— Qu’est-ce que tu me veux ? il a dit. On ne peut plus être tranquille chez soi !

— Viens voir mon poste de télévision ! a crié papa, très fier.

M. Blédurt s’est approché, l’air pas pressé, mais moi je le connais, il était drôlement curieux.

— Peuh ! il a dit, M. Blédurt, c’est un tout petit écran.

— Un tout petit écran, a répondu papa, un tout petit écran. Tu n’es pas un peu fou, non ? C’est un cinquante-quatre centimètres ! Tu es jaloux, voilà ce que tu es !

M. Blédurt s’est mis à rire, mais un rire pas content du tout.

— Jaloux, moi ?

Il a ri.

— Si je voulais acheter un poste de télévision, ça fait longtemps que je l'aurais fait. J'ai un piano, moi, monsieur ! J'ai des disques classiques, moi, monsieur ! J'ai des livres, moi, monsieur !

— Tu parles ! a crié papa, tu es jaloux, un point c'est tout !

— Ah ! oui ? a demandé M. Blédurt.

— Oui ! a répondu papa et alors, le monsieur qui portait la télévision a demandé si ça allait durer longtemps, parce que c'était lourd un poste et qu'il avait d'autres livraisons à faire.

On l'avait complètement oublié, le monsieur !

Papa a fait entrer le monsieur dans la maison. Il avait tout plein de sueur sur la figure, le monsieur, le poste avait l'air vraiment très lourd.

— Où dois-je le mettre ? a demandé le monsieur.

— Voyons, a dit maman, qui était venue de la cuisine et qui avait l'air toute contente, voyons, voyons, et puis elle a mis un doigt à côté de sa bouche et elle a commencé à réfléchir.

— Madame, a dit le monsieur, décidez-vous, c'est lourd !

— Sur la petite table du coin, là, a dit papa.

Le monsieur allait y aller, mais maman a dit non, que cette table était pour servir le thé, quand elle avait des amies à la maison. Le monsieur s'est arrêté et il a poussé un gros soupir. Maman a hésité entre le guéridon, qui n'était pas assez solide, le petit meuble, mais on ne pourrait pas mettre les fauteuils devant et le secrétaire, mais c'était embêtant à cause de la fenêtre.

— Bon, tu te décides ? a demandé papa, qui avait l'air de s'énerver.

Maman s'est fâchée, elle a dit qu'elle n'aimait pas être bousculée et qu'elle n'admettait pas qu'on lui parle sur ce ton, surtout devant des étrangers.

— Vite ou je lâche ! a crié le monsieur, et maman lui a tout de suite montré la table dont avait parlé papa.

Le monsieur a posé le poste sur la table et il a fait un gros ouf. Je crois vraiment qu'il devait être lourd, ce poste.

Le monsieur a mis la prise, il a tourné des tas de boutons et l'écran s'est allumé, mais au lieu de voir des cow-boys ou des gros laids qui font du catch comme sur la télévision de Clotaire, on a vu des tas d'étincelles et des points.

— Ça ne marche pas mieux que ça ? a demandé papa.

— Il faut que je branche votre antenne, a répondu le monsieur, mais vous m'avez retenu trop longtemps, je reviendrai après mes autres livraisons, ça ne sera pas long.

Et le monsieur est parti.

Moi, je regrettais bien que la télévision ne marche pas encore. Maman et papa aussi, je crois.

— Alors, c'est bien entendu, m'a dit papa. Quand je te dirai d'aller faire tes devoirs ou d'aller te coucher, il faudra m'obéir !

— Oui, papa, j'ai dit, sauf, bien sûr, quand ce sera un film de cow-boys.

Papa s'est fâché tout rouge, il m'a dit que film de cow-boys ou pas, quand il me dirait de partir il faudrait que je parte et je me suis mis à pleurer.

— Mais enfin, a dit maman, pourquoi cries-tu comme ça après lui, ce pauvre gosse, tu le fais pleurer !

— C'est ça, a dit papa, prends sa défense !

Maman s'est mise à parler très lentement, comme quand elle est vraiment fâchée. Elle a dit à papa qu'il fallait être compréhensif et, qu'après tout, lui, il ne serait pas content si on l'empêchait de regarder un de ces horribles matches de football.

— Horribles matches de football ! a crié papa. Figure-toi que c'est pour les regarder, ces horribles matches, comme tu dis, que j'ai acheté ce poste !

Maman a dit que ça promettait du plaisir et, là j'étais bien de son avis, parce que les matches de football, c'est chouette !

— Parfaitement, a dit papa, je n'ai pas acheté ce poste pour regarder des émissions de cuisine, et pourtant, tu en aurais bien besoin !

— Moi, j'en aurais bien besoin ? a dit maman.

— Oui, tu en aurais bien besoin, a répondu papa, tu apprendrais peut-être à ne pas brûler tes macaronis, comme hier soir !

Maman, elle s'est mise à pleurer, elle a dit qu'elle n'avait jamais entendu des mots aussi ingrats et qu'elle allait retourner chez sa maman, qui est ma mémé. Moi, j'ai voulu arranger les choses.

— Les macaronis d'hier ils n'étaient pas brûlés, j'ai dit, c'était la purée d'avant-hier.

Mais ça n'a rien arrangé, parce que tout le monde était très nerveux.

— Mêle-toi de ce qui te regarde ! m'a dit papa, alors moi, je me suis remis à pleurer et j'ai dit que j'étais très malheureux, que ces mots étaient drôlement ingrats et que j'irais voir les cow-boys chez Clotaire.

Papa nous a regardés, maman et moi, il a levé les bras au plafond, il a marché un peu dans le salon et puis il s'est arrêté devant maman et il lui a dit qu'après tout ce qu'il aimait le mieux dans la purée c'était le brûlé et que la cuisine de maman était sûrement meilleure que celle de la télévision. Maman s'est arrêtée de pleurer, elle a poussé des petits soupirs et elle a dit qu'elle aimait beaucoup les matches de football, après tout.

— Mais non, mais non, a dit papa, et ils se sont embrassés.

Moi, j'ai dit que les cow-boys, je pouvais m'en passer, alors, papa et maman m'ont embrassé. On était tous très contents.

Un qui a été moins content et très étonné, ça a été le monsieur de la télévision, parce que quand il est revenu pour brancher l'antenne, on lui a rendu le poste en lui disant que les programmes ne nous plaisaient pas.

La leçon

Quand ils ont su, à la maison, que j'étais le dernier en composition d'arithmétique, ça a fait une histoire terrible ! Comme si c'était de ma faute que Clotaire soit malade et ait été absent le jour de la composition ! C'est vrai, quoi, à la fin, il faut bien qu'il y ait quelqu'un qui soit dernier à sa place, quand il n'est pas là !

Papa a beaucoup crié, il a dit que je me préparais un bel avenir, ah ! là là !, et que c'était bien la peine de se saigner aux quatre veines pour obtenir des résultats pareils, mais que bien sûr, je ne pensais qu'à m'amuser sans me dire qu'un jour il ne serait plus là pour subvenir à mes besoins, et que lui, quand il avait mon âge, il était toujours le premier et que son papa était terriblement fier de mon papa, et qu'il se demandait s'il ne valait pas mieux de me mettre tout de suite comme apprenti dans un atelier de n'importe quoi, plutôt que de continuer à me faire aller à l'école ; et moi j'ai dit que ça me plairait bien de faire l'apprenti. Alors, papa s'est mis à crier des tas de choses méchantes, et maman a dit qu'elle était sûre que je ferais un gros effort pour obtenir de meilleurs résultats à l'école.

— Non, a dit papa. Ce serait trop facile ; il ne va pas s'en tirer comme ça. Je vais lui prendre un professeur à la maison, ça coûtera ce que ça coûtera, mais je ne veux pas que l'on dise que mon fils est un petit crétin. Le jeudi, au lieu d'aller voir des bêtises au cinéma, il prendra des leçons d'arithmétique. Ça lui fera le plus grand bien.

Alors, moi je me suis mis à pleurer, à crier et à donner des coups de pied partout ; j'ai dit que personne ne m'aimait, et que j'allais tuer tout le monde et que j'allais me tuer après, et papa m'a demandé si je voulais une fessée ; alors j'ai boudé, et maman a dit que des soirées comme ça, ça la faisait vieillir de plusieurs années, et nous sommes allés dîner. Il y avait des frites. Très chouette.

Le lendemain, papa a expliqué à maman que Barlier — c'est un copain de mon papa qui travaille dans le même bureau que lui — lui avait recommandé un professeur, qui était le fils d'un cousin à lui et qui, il paraît, est terrible en arithmétique.

— Il est étudiant, a dit papa. C'est la première fois qu'il donne des leçons, mais c'est mieux comme ça, il a l'esprit jeune et il n'est pas encroûté par de vieilles méthodes. Et puis, c'est assez avantageux comme conditions.

J'ai essayé de pleurer encore un peu, mais papa m'a fait les gros yeux et maman a dit que si on recommençait la scène de l'autre soir, elle allait quitter la maison. Alors, je n'ai plus rien dit, mais j'ai boudé très fort jusqu'au dessert (du flan !).

Et puis, jeudi après-midi, on a sonné à la porte, maman est allée ouvrir et elle a laissé entrer un monsieur avec des grosses lunettes, qui ressemblait à Agnan en plus vieux, mais pas tellement plus.

— Je suis M. Cazalès, a dit le monsieur. Je viens pour les leçons.

— Parfait, parfait, a dit maman. Je suis la maman de Nicolas, et voilà Nicolas, votre élève. Nicolas ! Viens dire bonjour à ton professeur.

M. Cazalès et moi, on s'est donné la main sans serrer ; celle de M. Cazalès était toute mouillée. Moi j'avais un peu peur, et maman m'a dit d'emmener M. Cazalès dans ma chambre pour qu'il me donne ma leçon. Nous sommes entrés dans ma chambre et nous nous sommes assis devant mon pupitre.

— Euh… a dit M. Cazalès. Vous faites quoi, à l'école ?

— Ben, on joue à Lancelot, j'ai répondu.

— Lancelot ? a demandé M. Cazalès.

— Oui, jusqu'à la semaine dernière, on jouait à la balle au chasseur, j'ai expliqué, mais le Bouillon — c'est notre surveillant — il nous a confisqué la balle et on n'a plus le droit d'en amener d'autres à l'école ce trimestre. Alors, pour jouer à Lancelot, il y en a un qui se met à quatre pattes, comme ça, c'est le cheval, et l'autre s'assoit dessus, c'est le chevalier. Et puis les chevaliers se battent à coups de poing sur le nez ; c'est Eudes qui a inventé le jeu, et Eudes…

— Revenez vous asseoir ! a dit M. Cazalès, qui me regardait avec des yeux tout ronds derrière ses lunettes.

Alors je suis revenu m'asseoir, et M. Cazalès m'a dit qu'il ne me demandait pas ce que nous faisions pendant la récré, mais pendant l'heure d'arithmétique. Moi, ça m'a embêté, je ne croyais pas qu'on allait se mettre au travail tout de suite, comme ça.

— On fait les fractions, j'ai dit.

— Bien, a dit M. Cazalès, montrez-moi votre cahier.

Je lui ai montré, et M. Cazalès a regardé le cahier. Il m'a regardé moi, il a enlevé ses lunettes, il les a essuyées et il a regardé le cahier de nouveau.

— Ce qui est en gros et en rouge, c'est la maîtresse qui l'a écrit, j'ai expliqué.

— Oui, a dit M. Cazalès. Alors, allons-y. Qu'est-ce qu'une fraction ?

Comme je n'ai rien répondu, M. Cazalès a dit :

— C'est un nombre…

— C'est un nombre, j'ai dit.

— Exprimant une ou plusieurs…

— Exprimant une ou plusieurs, j'ai dit.

— Parties de l'unité…

— Parties de l'unité, j'ai dit.

— Divisée en quoi ? m'a demandé M. Cazalès.

— Je ne sais pas, je lui ai répondu.

— Divisée en parties égales !

— Divisée en parties égales ! j'ai dit.

M. Cazalès s'est essuyé le front.

— Voyons, il a dit, prenons des exemples pratiques. Si vous avez un gâteau, ou une pomme… Ou plutôt, non. Vous avez des jouets, ici ?

Alors, nous avons ouvert l'armoire, il y a des tas de jouets qui sont tombés, et M. Cazalès a pris des billes, qu'il a mises par terre et nous nous sommes assis sur le tapis.

— Il y a ici huit billes, a dit M. Cazalès. Nous allons supposer que ces huit billes constituent une unité. J'en prends trois. Exprimez-moi en fraction ce que ces billes représentent par rapport à l'unité… Ce sont les…

— Ce sont les, j'ai dit.

M. Cazalès a enlevé ses lunettes, il les a essuyées et j'ai vu que sa main tremblait un peu. Là, il m'a bien

Je ne sais pas
Je ne sais pas
Je ne sais pas

rappelé Agnan, qui tremble aussi quand il enlève ses lunettes pour les essuyer, parce qu'il a toujours peur qu'on lui tape dessus avant qu'il ait le temps de les remettre.

— Essayons autre chose, a dit M. Cazalès. Nous allons mettre dix rails ensemble...

Alors, j'ai mis les dix rails pour faire un rond, et j'ai demandé si je pouvais mettre dessus la locomotive et le wagon de marchandises, le dernier qui me reste depuis qu'Alceste a marché sur le wagon de passagers. Alceste, c'est un copain très lourd.

— Si vous voulez, a dit M. Cazalès. Bon. Ces dix rails constituent les dix parties de ce rond. Maintenant si je prenais un rail...

— Ça ferait dérailler le train, j'ai dit.

— Mais je ne vous parle pas du train ! a crié M. Cazalès. Nous ne sommes pas ici pour jouer au train ! Je vais l'enlever d'ici, ce train !

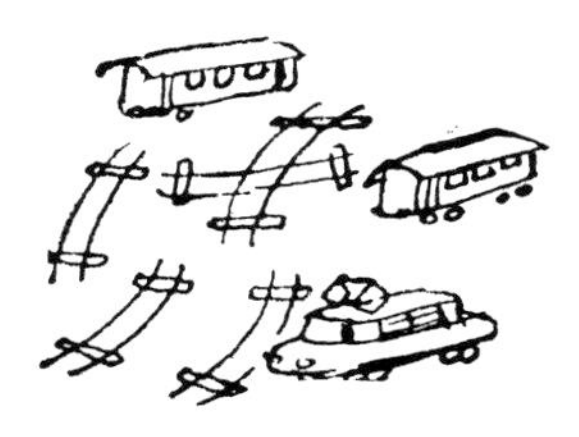

Il avait l'air tellement fâché, M. Cazalès, que je me suis mis à pleurer.

— Je ne vois aucun inconvénient à ce que vous jouiez ensemble, mais au moins, ne vous disputez pas !

C'était papa qui avait dit ça. Il était entré dans la chambre, et M. Cazalès le regardait avec des yeux ronds et la locomotive et le wagon de marchandises dans les mains.

— Mais je… mais je… a dit M. Cazalès.

J'ai cru qu'il allait se mettre à pleurer, lui aussi, et puis il a dit : « Oh ! Et puis zut ! » Il s'est levé du tapis et il est parti.

Il n'est plus jamais revenu, M. Cazalès. Papa s'est fâché avec M. Barlier, mais avec moi, ça va mieux : Clotaire est guéri et je ne suis plus le dernier.

La nouvelle

Hier, juste avant la fin de la classe, la maîtresse nous a demandé de faire silence, et puis elle nous a dit :

— Mes enfants, je dois vous annoncer que je vais vous quitter pendant quelques jours. Des circonstances familiales m'appellent en province, et, comme mon absence va se prolonger pendant près d'une semaine, une autre maîtresse va venir me remplacer dès demain auprès de vous. Je compte sur vous tous pour bien travailler et être très sages avec votre nouvelle maîtresse, et je suis sûre que vous me ferez honneur devant elle. J'espère donc qu'à mon retour je n'aurai pas à avoir honte de vous. Vous m'avez bien compris ? Bon ! Je vous fais confiance, et je vous dis à la semaine prochaine. Vous pouvez sortir.

Nous nous sommes levés, nous avons donné la main à la maîtresse et nous étions drôlement inquiets. Moi, j'avais une grosse boule dans la gorge ; c'est vrai, nous aimons bien notre maîtresse, qui est très chouette, et ça ne nous fait pas rigoler d'en changer. Le plus embêté de tous, c'était Clotaire ; comme c'est le dernier de la classe, pour lui c'est terrible de changer de maîtresse. La nôtre est habituée à lui, et même quand elle le punit, ça ne fait pas trop d'histoires.

— Je vais tâcher d'avoir une excuse pour ne pas venir cette semaine, nous a dit Clotaire, à la sortie. C'est vrai, quoi, on n'a pas le droit de nous changer de maîtresse comme ça !

Mais ce matin, Clotaire était là, comme tout le monde, et nous étions drôlement énervés.

— J'ai étudié très tard, hier, nous a dit Clotaire. Je n'ai même pas regardé la télé. Vous croyez qu'elle va nous interroger ?

— Peut-être que le premier jour elle ne mettra pas de notes, a dit Maixent.

— Tu parles ! a dit Eudes. Elle va se gêner !

— Quelqu'un l'a déjà vue ? a demandé Joachim.

— Moi, je l'ai vue en arrivant à l'école, a dit Geoffroy.

— Elle est comment ? Elle est comment ? on a tous demandé.

— C'est une grande maigre, a dit Geoffroy. Très grande. Très maigre.

— Elle a l'air méchant ? a demandé Rufus.

Geoffroy a fait des joues toutes rondes, et il a secoué sa main de haut en bas.

On n'a plus rien dit, et Alceste a remis son croissant dans sa poche, sans le finir. Et puis, la cloche a sonné. On s'est tous mis en rang, et c'était comme quand on va à la visite, chez les docteurs. Personne ne parlait, Clotaire avait pris son livre de géographie et il repassait les fleuves. Et puis, les autres classes sont parties, et nous sommes restés les seuls dans la cour, et nous avons vu le directeur arriver avec la nouvelle maîtresse, qui n'était pas très grande ni très maigre. Et

Geoffroy, c'est un drôle de menteur ! Je parie qu'il ne l'avait jamais vue.

— Mes enfants, nous a dit le directeur, comme vous le savez, votre maîtresse a dû partir en province pour quelques jours. Comme son absence risque de durer près d'une semaine, c'est Mlle Navarin qui va assurer l'intérim, qui va la remplacer, si vous préférez. J'espère que vous allez être sages, que vous allez être assidus à votre travail, et que votre nouvelle maîtresse n'aura pas de raisons de se plaindre de vous. Compris ?... Vous pouvez les emmener, mademoiselle.

La nouvelle maîtresse nous a fait signe d'avancer, et nous sommes montés en classe.

— Prenez vos places habituelles, en silence, je vous prie, nous a dit la nouvelle maîtresse.

Et ça nous a fait tout drôle de la voir s'asseoir au bureau de notre vraie maîtresse.

— Mes enfants, elle nous a dit, comme vous l'a expliqué M. le Directeur, je m'appelle Mlle Navarin. Vous savez que votre maîtresse a dû s'absenter pendant quelques jours en province. Je vais donc la remplacer pendant ces quelques jours. Je compte sur vous pour être sages et bien travailler, et j'espère que je n'aurai pas à me plaindre de vous quand votre maîtresse reviendra. Je suis, vous le verrez, sévère, mais juste. Si vous vous conduisez bien, tout ira pour le mieux. Je pense que nous nous sommes compris. Et maintenant, au travail...

Mlle Navarin a ouvert ses cahiers, et elle nous a dit :

— Je vois, par l'emploi du temps et les notes que m'a laissés votre maîtresse, que ce matin nous avons géographie et que votre leçon portait sur les fleuves... Mais il nous faudrait la carte de la France... Qui va aller la chercher ?

0/20

Agnan s'est levé, parce que comme c'est le premier de la classe et le chouchou, c'est toujours lui qui va chercher les choses, qui remplit les encriers, qui ramasse les copies et qui efface le tableau.

— Restez assis ! a dit Mlle Navarin. Un peu de discipline. Pas tout le monde à la fois... C'est moi qui désignerai l'élève qui ira chercher la carte... Vous, là-bas ! Oui, vous, au fond de la classe. Comment vous appelez-vous ?

— Clotaire, a dit Clotaire, qui est devenu tout blanc.

— Bon, a dit Mlle Navarin, eh bien, Clotaire, allez chercher la carte de France, celle des fleuves et des montagnes. Et ne vous attardez pas en route.

— Mais, mademoiselle... a dit Agnan.

— Ah, je vois que nous avons une forte tête, a dit Mlle Navarin. Mais les fortes têtes, je les mate, mon petit ami ! Assis.

Clotaire est parti, drôlement étonné, et il est revenu, essoufflé, fier comme tout avec sa carte.

— Voilà qui était vite fait, Hilaire, a dit Mlle Navarin. Je vous remercie... Un peu de silence, vous autres !... Voulez-vous accrocher cette carte devant le tableau ?... Très bien, et puisque vous êtes là, parlez-nous un peu de la Seine.

— La Seine prend sa source sur le plateau de Langres, a dit Clotaire, elle a 776 kilomètres de long, elle fait des tas de méandres et elle se jette dans la Manche. Ses principaux affluents sont : l'Aube, la Marne, l'Oise, l'Yonne...

— C'est très bien, Hilaire, a dit Mlle Navarin. Je vois que vous savez. Allez vous asseoir. Très bien.

Et Clotaire est allé s'asseoir, tout rouge, avec un grand sourire bête sur la figure, et encore essoufflé.

MINES
NORMANDIE fer
granit
BASSIN DU NORD
sablières
pierres à bâtir
pierres à chaux
plâtre
Trélazé
ardoise
Mg
kaolin
or
Commentry
ocre
schistes bitumin.
Autun
mica
Salins
POTASSE D'ALSACE
ST ÉTIENNE
LE CREUSOT
Decazeville
Pb
Z
Carmaux
Graissessac
Bassin du Gard
kaolin
la Mure
ocre
lignite
Fuveau
St Marcet
marbre
Dax
Mg
Houille
Fer
Pétrole
Sel
Mg Manganèse
B Bauxite
Pb Plomb
Z Zinc
Régions industrielles

— Et vous, le comique, a dit Mlle Navarin en montrant Agnan du doigt. Oui, vous, celui qui aime tant parler. Citez-moi, de votre place, d'autres affluents de la Seine.

— Ben, a dit Agnan, ben… Il y a l'Aube, la Marne, l'Oise…

— Oui, a dit Mlle Navarin. Eh bien, au lieu de faire le clown en classe, vous feriez mieux de prendre exemple sur votre camarade Hilaire.

Et Agnan a été tellement étonné qu'on lui dise de prendre exemple sur Clotaire qu'il n'a même pas pleuré.

Après, la nouvelle maîtresse m'a interrogé, moi, et puis Alceste, et puis Eudes, et puis elle a dit que ce n'était pas mal, mais qu'on pouvait sûrement faire mieux. Et puis, elle nous a expliqué la nouvelle leçon — les montagnes — et personne n'a fait le guignol, même qu'on était beaucoup moins énervés qu'au début. Alceste s'est mis à manger des petits bouts de son croissant.

Et puis, la maîtresse a demandé à Clotaire d'emporter la carte, et quand il est revenu, la cloche de la récré a sonné, et nous sommes sortis.

Dans la cour, on s'est tous mis à parler de la nouvelle maîtresse, et on a dit qu'elle n'était pas si méchante que ça, qu'elle était assez gentille, et même, qu'à la fin, quand elle s'était habituée à nous, elle avait fait un sourire pour nous dire d'aller en récré.

— Moi, je me méfie, a dit Joachim.

— Bah, a dit Maixent. Assez discuté, de toute façon, ça revient au même ; on aime mieux notre vraie maîtresse, bien sûr, mais une maîtresse, c'est une maîtresse, et pour nous, ça ne change rien.

Il avait bien raison Maixent, et nous avons décidé de jouer au foot avant que la récré se termine. Dans mon équipe, nous avions Agnan comme gardien de but.

Il avait pris la place de ce sale chouchou de Clotaire, qui repassait sa leçon d'histoire.

Clotaire déménage

Clotaire est drôlement content parce qu'il va déménager, et ses parents lui ont donné une excuse pour ne pas venir à l'école cet après-midi.

— Mes parents ont besoin de moi pour les aider, nous a dit Clotaire. Nous allons déménager dans un appartement terrible, pas loin de là où j'habite maintenant. Je vais avoir le plus chouette appartement de tous.

— Me fais pas rigoler, a dit Geoffroy.

— Me fais pas rigoler toi-même, a crié Clotaire. Nous avons trois pièces, et puis, devine quoi. Une salle de séjour ! T'en as une, toi, de salle de séjour ?

— Des salles de séjour, on en a plein à la maison ! a crié Geoffroy. Alors, ta salle de séjour, elle me fait rigoler, tiens !

Et Geoffroy a rigolé, et Clotaire a regardé Geoffroy en faisant semblant de se visser un doigt sur le côté de la tête, mais ils n'ont pas pu se battre à cause du Bouillon qui était tout près. (Le Bouillon, c'est notre surveillant.)

— Si tu veux, a dit Eudes, à la sortie de l'école, cet après-midi, on ira tous t'aider à déménager.

Clotaire a dit que c'était une chouette idée, et que ses parents seraient drôlement contents d'avoir du monde pour les aider à déménager, et on a tous décidé d'y aller, sauf Geoffroy qui a dit qu'il n'irait pas aider des imbéciles à déménager dans des appartements avec des salles de séjour minables, et comme le Bouillon est parti pour sonner la cloche de la fin de la récré, Clotaire et Geoffroy ont eu le temps de se battre un petit peu. À la maison, pendant le déjeuner, maman a été étonnée quand je lui ai dit que les parents de Clotaire voulaient que les copains, on aille les aider à déménager.

— C'est une drôle d'idée, a dit maman, mais enfin, ce n'est pas très loin d'ici, et ça t'amuse... Mais ne te salis pas, et ne rentre pas trop tard.

À la sortie de l'école, avec Eudes, Rufus, Joachim et Maixent, nous avons couru jusqu'à la maison de Clotaire. Alceste n'a pas pu venir, parce qu'il s'est rappelé qu'il devait rentrer chez lui pour goûter.

Devant la maison de Clotaire, il y avait un grand camion de déménagement, et il y avait la mère de Clotaire. Elle ne nous a pas vus, parce qu'elle était en train de parler à deux déménageurs gros comme tout, qui étaient en train de mettre un sofa dans le camion.

— Attention, disait la mère de Clotaire. Ce sofa est fragile. La patte de droite ne tient pas très bien.

— Vous en faites pas, la petite dame, disait un des déménageurs, on a l'habitude.

Dans l'escalier, on a dû attendre, parce que d'autres déménageurs étaient en train de descendre une grosse armoire.

— Restez pas là, les gosses ! nous a dit un des déménageurs.

Nous sommes arrivés dans l'appartement de Clotaire, la porte était ouverte, et là-dedans, il y avait un désordre terrible, avec des caisses, de la paille, et des meubles partout. Le père de Clotaire n'avait pas de veston et il parlait avec des déménageurs qui attachaient des cordes autour d'un buffet, et qui lui disaient de ne pas s'en faire parce qu'ils avaient l'habitude.

— C'est à cause de la porte, elle s'ouvre, disait le père de Clotaire.

Et puis, Clotaire est arrivé, et il nous a dit :

— Salut.

Le père de Clotaire s'est retourné, et il a eu l'air étonné de nous voir.

— Tiens ? il a dit. Qu'est-ce que vous faites là, vous autres ?

— Ils viennent aider, a expliqué Clotaire.

— Restez pas là, les mômes, a dit un déménageur.

— Oui, oui, a dit le père de Clotaire, qui avait l'air drôlement énervé. Ne restez pas là. Clotaire, emmène tes amis dans ta chambre et vérifie s'il ne reste rien dans les placards, parce que quand on aura fini avec la salle à manger, on va s'occuper de ta chambre.

Et puis, pendant que le père de Clotaire donnait des tas de conseils aux déménageurs, nous sommes allés avec Clotaire dans sa chambre.

Elle était tout en désordre, la chambre de Clotaire ; il y avait des caisses pleines de paille partout, et les meubles étaient dans un coin, avec le lit démonté. Les portes des placards étaient ouvertes, et les placards étaient vides.

— C'est toi qui a tout mis dans les caisses ? j'ai demandé à Clotaire.

— Non, a dit Clotaire. Ce sont les déménageurs qui font ça. Tu vois, ils mettent les choses dans les caisses, avec des tas de paille.

— Ah, dis donc ! a crié Maixent, ton camion de pompiers !

On a sorti le camion de la caisse, il est drôlement chouette, même si la pile est usée, et Clotaire nous a dit qu'il avait eu un fort avec des Indiens qu'il ne nous avait pas encore montré, et que lui avait donné sa tante Eurydice. On a eu du mal à le trouver, le fort, et c'est Rufus qui est arrivé à le sortir du fond d'une des caisses.

— Pour la paille, on la remettra dans les caisses, a dit Clotaire. Et s'il en reste par terre, ça ne fait rien ; après tout, on n'habite plus ici.

Il était très bien, le fort de Clotaire, avec des Indiens et des cow-boys, et puis il avait aussi des tas de petites autos que je ne connaissais pas.

— Et mon bateau ? Vous avez vu mon bateau ? a demandé Clotaire.

On a aidé Clotaire à remettre le mât avec les voiles, parce que bien sûr, pour le mettre dans la caisse, le bateau, il avait fallu démonter le mât.

— Mais dis donc, a demandé Joachim, où est ton train électrique ? Je ne vois pas ton train électrique. Encore une chance qu'on ait vérifié !

— Ah non, a répondu Clotaire. Le train électrique est dans une autre caisse que les déménageurs ont déjà mise dans le camion. Parce que le train électrique était dans l'armoire de la chambre de mes parents, depuis que mon père me l'a confisqué pour la dernière fois que j'ai été suspendu à l'école.

— Mais, a dit Rufus, si tu laisses le train dans cette caisse-là, dans le nouvel appartement, tes parents vont le remettre dans leur armoire. Tandis que si tu le mets dans une de tes caisses, tu pourras le garder.

Clotaire a dit que Rufus avait raison, et il m'a

demandé de l'accompagner en bas pour demander aux déménageurs de lui rendre son train.

Sur le trottoir, il y avait toujours la mère de Clotaire, qui était en train d'expliquer aux déménageurs pour le coup de la porte du buffet. Et puis, quand elle a vu Clotaire, elle a fait des gros yeux.

— Qu'est-ce que tu fais là sur le trottoir, a dit la mère de Clotaire. Qui t'a permis de descendre ?

— Ben, je venais chercher le train, a dit Clotaire.

— Le train ? a demandé la mère de Clotaire. Quel train ?

— Le train électrique, a expliqué Clotaire, parce que si je le laisse dans votre caisse, vous le remettrez dans votre armoire, alors moi, je vais le mettre dans ma caisse, parce que c'est pas juste que vous gardiez dans le nouvel appartement des choses que vous m'avez confisquées dans le vieux, et comme ça je pourrai jouer avec mon train dans la salle de séjour.

— Je ne comprends rien à ce que tu me racontes, a crié la mère de Clotaire, et tu vas me faire le plaisir de me laisser tranquille et de retourner là-haut en vitesse !

Comme la mère de Clotaire n'avait pas l'air de rigoler, nous sommes remontés dans l'appartement, et nous avons entendu le père de Clotaire qui criait. Et quand nous sommes entrés dans la chambre de Clotaire, le père de Clotaire a dit à Clotaire :

— Ah, te voilà, toi ! Mais tu deviens complètement fou, ma parole ! Tu as presque vidé ces caisses ! Regarde-moi un peu ce désordre ! Tu vas m'aider à remettre tout en place, et nous en reparlerons plus tard ! Allez !

Clotaire et son père ont commencé à remettre les choses et la paille dans les caisses, et puis deux déménageurs sont entrés, et ils n'ont pas eu l'air content.

— Mais qu'est-ce que vous fabriquez ? a demandé un des déménageurs. Vous avez défait notre travail ?

— On va tout remettre en place, a dit le père de Clotaire.

— Nous, on s'en lave les mains, a dit le déménageur. On prend pas de responsabilités si c'est vous qui faites l'emballage ! Parce que nous, on a l'habitude.

— Restez pas là, les mioches, a dit l'autre déménageur.

Alors, le père de Clotaire nous a regardés, il a fait un gros soupir, et il nous a dit :

— C'est ça, c'est ça. Rentrez chez vous, les enfants. D'ailleurs, il est tard, et nous allons bientôt partir pour le nouvel appartement. Et il faudra se coucher de bonne heure, Clotaire, parce que demain, il faudra tout remettre en ordre.

— Nous viendrons vous aider, si vous voulez, j'ai dit.

Alors, le père de Clotaire a été très chouette ; il a dit que comme demain c'était dimanche et que nous avions si bien travaillé, il allait donner des sous à Clotaire pour nous emmener au cinéma.

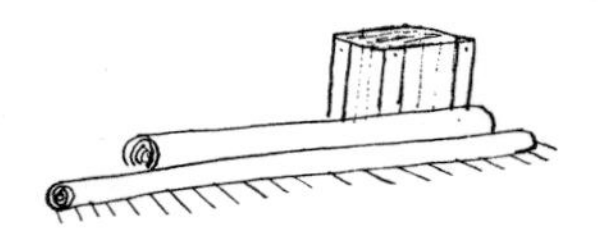

Les barres

Pendant la récré, on était en train de jouer tranquillement à la diligence et aux Indiens. Rufus et Eudes faisaient les chevaux, Maixent et moi on les tenait par la ceinture et on était les chauffeurs de la diligence. Les autres, c'étaient les Indiens et ils nous attaquaient.

On rigolait bien, surtout quand Eudes a donné un coup de poing sur le nez de Joachim et Joachim s'est mis à crier que les chevaux n'avaient pas le droit de donner des coups de poing.

— Et pourquoi pas ? a demandé Rufus.

— Toi, le cheval, tais-toi ! a crié Clotaire ; et Rufus lui a donné une claque.

On se battait tous, on criait, on rigolait bien, c'était chouette.

Et puis, le Bouillon est arrivé. Le Bouillon, c'est notre surveillant... Son vrai nom, c'est M. Dubon, il a une moustache et avec lui il faut pas faire les guignols.

— Regardez-moi bien dans les yeux, vous tous, il a dit le Bouillon. Pourquoi inventez-vous toujours des jeux brutaux et stupides ? À chaque récréation, c'est la même chose ! Pourquoi ne jouez-vous pas à des jeux intelligents, sportifs, vraiment distrayants ? Quand j'avais votre âge, à l'école (où j'étais excellent élève), avec mes petits camarades, nous ne nous conduisions pas comme des sauvages et nous avions droit à l'estime de notre surveillant, pour lequel nous avions, comme il se doit, le plus grand respect. Et pourtant, nous nous amusions beaucoup.

— En faisant quoi ? a demandé Alceste.

— En faisant quoi, qui ? a dit le Bouillon en faisant les gros yeux.

— Ben, vous, quoi, avec vos copains, a répondu Alceste, et le Bouillon a fait un gros soupir.

— Eh bien, par exemple, a dit le Bouillon, nous jouions aux barres ; c'est un jeu extrêmement amusant et pas brutal du tout.

— Et ça se joue comment, m'sieur ? j'ai demandé.

— Je vais vous montrer, a dit le Bouillon.

Le Bouillon a sorti un morceau de craie de sa poche et il a fait une raie à un bout de la cour, et puis il a fait une autre raie à l'autre bout de la cour.

— Bon, a dit le Bouillon, maintenant, vous allez vous diviser en deux camps. Nicolas, Alceste, Eudes et Geoffroy, vous allez vous mettre sur la ligne là-bas. Rufus, Clotaire, Joachim et Maixent, vous vous placez sur la ligne ici.

On est tous allés se placer, sauf Eudes.

— Eh bien, Eudes, a dit le Bouillon, on vous attend.

— Je ne veux pas être dans le même camp que Geoffroy, a dit Eudes ; hier, il a triché et il m'a gagné deux billes.

— Dis plutôt que tu ne sais pas jouer ! a crié Geoffroy.

— Tu veux mon poing sur le nez ? a demandé Eudes.

— Silence ! a crié le Bouillon. Bien. Alors, Eudes, vous prendrez la place de Clotaire, qui, lui, ira prendre votre place dans l'équipe de Geoffroy.

— Ah ! non, a crié Joachim. Si Eudes vient dans notre équipe, moi je ne joue pas. Il m'a donné un coup de poing sur le nez quand il était cheval, et il n'en avait pas le droit !

— Ben, a dit Maixent, moi je veux bien prendre la place de Geoffroy, alors Eudes prendrait sa place dans l'équipe où était Geoffroy, mais comme il n'y sera plus, Geoffroy, ça ne fera pas d'histoires.

— Moi, je vais avec toi, a dit Clotaire ; nous deux on fait équipe !

— Moi aussi, a dit Joachim ; comme Maixent court vite, on va gagner.

— Je vais rester tout seul, a dit Rufus, je vais avec vous.

Et on s'est retrouvés tous sur la même ligne. On faisait une équipe terrible, mais il n'y avait plus d'équipe adverse, et pour jouer, c'est assez embêtant.

— Ah ! mais, minute, a crié Eudes. Si Geoffroy veut rester dans l'équipe, il doit me rendre mes billes, sinon, il doit…

— Silence ! a crié le Bouillon, qui avait la figure toute rouge. Nicolas, Alceste, Eudes et Geoffroy, sur cette ligne ! Rufus, Clotaire, Joachim et Maixent, sur l'autre ! Et le premier qui dit un mot, je lui colle une retenue jeudi ! Compris ?

On a obéi, parce que je vous l'ai dit, avec le Bouillon, faut pas faire les guignols.

— Bon ! a dit le Bouillon. Voilà comment on joue

Pour jouer aux barres, il faut dans chaque camp, que..

aux barres : le premier joueur de la première équipe, c'est-à-dire Alceste, s'avance pour provoquer le premier joueur de la deuxième équipe, c'est-à-dire Rufus. Rufus court après Alceste et doit essayer de le faire prisonnier. Mais le deuxième joueur de la première équipe, Eudes, court après le premier joueur de la deuxième équipe, Rufus, et ainsi de suite. Vous avez compris ?

— Compris quoi, m'sieur ? a demandé Clotaire.

Le Bouillon est devenu encore plus rouge qu'avant, et puis il a dit qu'on allait se mettre à jouer et que comme ça on apprendrait tout de suite.

— Alceste, commencez ! a dit le Bouillon.

— Je suis en train de manger ma tartine à la confiture, a dit Alceste.

Le Bouillon s'est passé la main sur la figure et il a dit :

— Alceste, pour la dernière fois, commencez ! Sinon, je vous mets en retenue pendant toutes les vacances !

Alceste, alors, a avancé vers l'autre équipe, en mangeant sa tartine.

— Bien, Rufus, courez après lui, a crié le Bouillon. Essayez de le faire prisonnier en l'attrapant par le bras.

Rufus a couru vers Alceste et il lui a attrapé le bras.

— Et maintenant, qu'est-ce que j'en fais, m'sieur ? a demandé Rufus.

— Mais, Alceste, vous auriez dû vous enfuir ! a crié le Bouillon ; maintenant, vous êtes prisonnier ! Du nerf, que diable !

— M'sieur, m'sieur, Eudes est en train de me battre ! a crié Geoffroy.

— T'es pas seulement un tricheur, t'es aussi un cafard ! a crié Eudes.

Le Bouillon est allé en courant pour les séparer et Clotaire l'a accompagné.

— Qu'est-ce que tu fais là ? a demandé le Bouillon.

— Ben, j'ai compris votre jeu, a dit Clotaire ; je vais provoquer Nicolas, qui doit me courir après...

Et bing ! une balle est venue taper Clotaire dans le dos.

— Qui a lancé cette balle ? a crié le Bouillon.

— C'est moi ! a dit Joachim. Clotaire est mon prisonnier.

— Imbécile, a dit Clotaire, c'est pour la balle au chasseur, ça ! C'est pas pour les barres. Et puis t'as pas besoin de me faire prisonnier, on est dans la même équipe !

— Je veux pas être dans la même équipe que toi ! a crié Joachim.

Alors Clotaire s'est retourné pour aller dire des choses à Joachim, et moi j'en ai profité pour courir et le prendre par le bras pour le faire prisonnier.

— C'est bien fait ! a dit Rufus.

— Toi, le cheval, tais-toi ! a crié Clotaire, qui ne voulait pas que je l'emmène — ce qu'il peut être tricheur ! — et qui m'a donné une claque.

— Bon, j'ai fini ma tartine, on peut commencer, a dit Alceste.

Mais personne ne l'a écouté : on était tous à se battre et à rigoler. Et puis la cloche a sonné.

— En rang, et que je ne vous entende plus ! a dit le Bouillon, qui avait même le blanc des yeux qui était rouge.

C'est drôle, j'ai l'impression que cette récré a été

beaucoup plus courte que les autres ; c'est peut-être parce qu'on s'est tellement amusés.

Parce qu'il est chouette, le jeu de barres ! Mais, entre nous, avec des jeux comme ça, il devait pas rigoler souvent, le surveillant du Bouillon !...

Bonbon

Cet après-midi, quand je suis revenu de l'école, maman m'a dit :

— Nicolas, après goûter, sois gentil et va m'acheter une livre de sucre en poudre.

Maman m'a donné de l'argent et je suis allé à l'épicerie très content, parce que j'aime bien rendre service à maman, et aussi parce que M. Compani, qui est le patron de l'épicerie, est drôlement chouette, et quand il me voit, il me donne toujours quelque chose, et ce que j'aime le mieux, ce sont les biscuits qui restent au fond de la grande boîte, les cassés, qui sont encore très bons.

— Mais c'est Nicolas ! a dit M. Compani. Tiens, tu tombes bien, toi ; je vais te donner quelque chose de formidable !

Et M. Compani s'est baissé derrière son comptoir, et quand il s'est relevé, il avait dans les mains un chat. Un tout petit chat, chouette comme tout, qui dormait.

— C'est un des fils de Biscotte, m'a dit M. Compani. Biscotte a eu quatre enfants, et je ne peux pas les garder tous. Et comme je n'aime pas tuer les peti-

tes bêtes, je préfère les donner à de gentils petits garçons comme toi. Alors, je garde les trois autres et je te donne Bonbon. Tu lui donneras du lait et tu le soigneras bien.

Biscotte, c'est la chatte de M. Compani. Elle est très grosse et elle dort tout le temps dans la vitrine, sans jamais faire tomber les boîtes et quand on la caresse, elle est gentille ; elle ne griffe pas et elle ronronne : « rrrr ».

Moi, j'étais content comme je ne peux pas vous dire. J'ai pris Bonbon dans les mains, il était tout chaud, et je suis parti en courant. Et puis, je suis revenu chercher la livre de sucre en poudre.

Quand je suis entré dans la maison, j'ai crié :

— Maman ! Maman ! Regarde ce que M. Compani m'a donné !

Maman, quand elle a vu Bonbon, elle a ouvert des grands yeux, elle a mis ses sourcils dessus et elle a dit :

— Mais c'est un chat !

— Oui, j'ai expliqué. Il s'appelle Bonbon, c'est le fils de Biscotte, il boit du lait et je vais lui apprendre à faire des tours.

— Non, Nicolas, m'a dit maman. Je t'ai répété cent fois que je ne veux pas d'animaux dans la maison. Tu

m'as déjà rapporté un chien et puis un têtard, et chaque fois ça a été des drames. J'ai dit non et c'est non ! Tu vas rapporter cette bête à M. Compani !

— Oh ! Maman ! Dis, maman ! j'ai crié.

Mais maman n'a rien voulu savoir, alors j'ai pleuré, j'ai dit que je ne resterais pas à la maison sans Bonbon, que si je rapportais Bonbon à M. Compani, M. Compani tuerait Bonbon, et que si M. Compani tuait Bonbon, je me tuerais aussi, que je n'avais jamais le droit de rien faire à la maison, et que les copains, eux, on leur permettait chez eux des tas de choses qu'à moi on me défendait.

— Eh bien, m'a dit maman, c'est très simple ; puisque tes amis ont tous les droits, tu n'as qu'à donner ce chat à l'un d'entre eux. Parce qu'ici, il ne restera pas, et si tu continues à me casser les oreilles, tu iras te coucher sans dîner ce soir. C'est compris ?

Alors, comme j'ai vu qu'il n'y avait rien à faire, je suis sorti avec Bonbon, qui dormait, et je me suis demandé à quel copain j'allais demander de le garder. Geoffroy et Joachim habitent trop loin, et Maixent a un chien, et je ne crois pas que Bonbon aimerait le

chien de Maixent. Alors, je suis allé chez Alceste, qui est un bon copain qui mange tout le temps. Quand Alceste est venu m'ouvrir la porte de sa maison, il avait une serviette attachée autour du cou et la bouche pleine.

— Je suis en train de goûter, il m'a dit en crachant des miettes partout. Qu'est-ce que tu veux ?

Je lui ai montré Bonbon, qui s'est mis à bâiller, et je lui ai dit que je le lui donnais, qu'il s'appelait Bonbon, qu'il buvait du lait et que je viendrais le visiter souvent.

— Un chat ? a dit Alceste. Non. Ça fera des histoires avec mes parents. Et puis un chat, ça va dans la cuisine et ça mange des tas de choses quand on ne le surveille pas. Mon chocolat va refroidir, salut !

Et Alceste a refermé sa porte. Alors, avec Bonbon, nous sommes allés chez Rufus. C'est la mère de Rufus qui m'a ouvert la porte.

— Tu veux parler à Rufus, Nicolas ? elle m'a dit en regardant Bonbon. C'est qu'il est en train de faire ses devoirs… Bon, attends, je vais l'appeler.

Elle est partie, et puis Rufus est venu.

— Oh ! le chouette chat ! il a dit, Rufus, en voyant Bonbon.

— Il s'appelle Bonbon, je lui ai expliqué. Il boit du lait. Je te le donne, mais il faudra me laisser venir le voir, de temps en temps.

— Rufus ! a crié la mère de Rufus, de l'intérieur de la maison.

— Attends, j'arrive, m'a dit Rufus.

Il est entré dans la maison, j'ai entendu qu'il parlait avec sa mère, et quand il est revenu, il ne rigolait pas.

— Non, il m'a dit.

Et il a fermé sa porte. Moi, je commençais à être

embêté avec Bonbon, qui s'était endormi de nouveau. Alors, je suis allé chez Eudes, et c'est Eudes qui est venu m'ouvrir.

— Il s'appelle Bonbon, j'ai dit. C'est un chat, il boit du lait, je te le donne, il faudra que tu me laisses venir le visiter, et Rufus et Alceste n'en veulent pas à cause de leurs parents.

— Psss ! a dit Eudes. Moi, à la maison, je fais ce que je veux. J'ai pas besoin de demander la permission. Si je veux garder un chat, je le garde !

— Eh ben, garde-le, j'ai dit.

— Bien sûr, il m'a dit. Non, mais sans blague !

Et je lui ai donné Bonbon, qui a bâillé encore un coup, et je suis parti.

Quand je suis revenu à la maison, j'étais tout triste, parce que Bonbon, je l'aimais bien, moi. Et puis, il avait l'air drôlement intelligent, Bonbon.

— Écoute, Nicolas, m'a dit maman. Pas besoin de faire cette tête-là, cette petite bête n'aurait pas été heureuse ici. Maintenant, tu vas me faire le plaisir de ne plus y penser et de monter faire tes devoirs. Pour le dîner, il y aura un bon dessert. Et surtout, surtout, pas un mot de tout ceci à ton père. Il est très fatigué ces temps-ci, et je ne veux pas qu'on l'ennuie avec des histoires quand il revient à la maison. Pour une fois, ayons une soirée calme et tranquille.

À table, pendant le dîner, papa m'a regardé et il m'a demandé :

— Eh bien, Nicolas ? Tu n'as pas l'air bien gai. Qu'est-ce qui se passe ? Des ennuis à l'école ?

Maman m'a fait les gros yeux, alors moi j'ai dit à papa que je n'avais rien, que j'étais très fatigué ces temps-ci.

— Moi aussi, a dit papa. Ça doit être le changement de saison qui fait ça.

Et puis on a sonné à la porte, j'allais me lever pour y aller — j'aime bien aller ouvrir la porte — mais papa m'a dit :

— Non, laisse, j'y vais.

Papa est parti et puis quand il est revenu, il avait les deux mains cachées derrière le dos, un gros sourire sur la figure, et il nous a dit :

— Devinez ce que Clotaire a apporté pour Nicolas ?

On ne nous a pas fait honte

C'est cet après-midi que nos papas et nos mamans viennent visiter l'école, et nous, en classe, on était très énervés. La maîtresse nous a expliqué que le directeur recevrait nos papas et nos mamans dans son bureau, qu'il leur parlerait, et puis qu'après, il les amènerait dans notre classe.

— Si vous promettez d'être très sages, a dit la maîtresse, je ne vous interrogerai pas pendant que vos parents seront là, pour ne pas vous faire honte devant eux.

Nous, on a promis, bien sûr, et on était bien contents, sauf Agnan, qui est le premier de la classe et qui aurait bien aimé être interrogé devant les papas et les mamans. Mais lui, c'est pas du jeu, parce qu'il étudie tout le temps ; alors, comme ça c'est malin, il sait toujours tout. Et puis la maîtresse a dit que la visite des parents n'était pas une raison pour attendre sans rien faire, et elle nous a dit de trouver la solution du problème qu'elle allait écrire au tableau. C'était un problème terrible, avec un fermier qui avait un tas de poules noires et un tas de poules blanches qui pondaient des tas d'œufs, et on nous expliquait chaque combien pondaient les poules noires, et chaque combien pondaient les poules blanches, et il fallait deviner combien d'œufs avaient pondu toutes les poules au bout d'une heure et quarante-sept minutes.

Et puis la maîtresse avait à peine fini d'écrire le problème que la porte de la classe s'est ouverte et que le directeur est entré avec nos papas et nos mamans.

— Debout ! a dit la maîtresse.

— Assis ! a dit le directeur. Voici la classe où travaillent vos enfants. Je crois que la plupart d'entre vous connaissent déjà leur professeur…

Et la maîtresse a serré la main de nos papas et de nos mamans, qui faisaient des gros sourires et qui nous faisaient bonjour en remuant les doigts, en clignant les yeux ou en bougeant la tête. Il y avait beaucoup de monde en classe, même si tous les papas et toutes les mamans n'étaient pas là. Le papa de Rufus, qui est agent de police, n'avait pas pu venir, parce que c'était son tour de garder le commissariat. Il n'y avait pas non plus le papa et la maman de Geoffroy ; mais le papa de Geoffroy, qui est très riche et très occupé, avait envoyé Albert, le chauffeur. Le papa d'Agnan n'avait pas pu venir parce qu'il paraît qu'il travaille tout le temps, même le samedi après-midi. Mais mon papa et ma maman étaient là, eux, et ils me regardaient en rigolant. Ma maman était toute rose et drôlement jolie ; j'étais rien fier.

— Je pense, mademoiselle, a dit le directeur, que vous pourriez dire quelques mots à ces messieurs-dames, au sujet du progrès de vos élèves… Les féliciter ou les gronder, suivant le cas.

Et tout le monde a rigolé, sauf le papa et la maman de Clotaire, qui est le dernier de la classe, et avec les histoires d'école, on ne rigole jamais, chez Clotaire.

oules noires
blanches
1H47
ien d'œufs ?
362
7420
412
4120
12
moi, je raisonne toujours par l'algèbre

— Eh bien, a dit la maîtresse, je dois dire avec plaisir que vos enfants ont fait ce mois-ci un réel effort, aussi bien dans leur travail que dans leur conduite. Je suis très contente d'eux et je suis sûre que ceux qui sont un petit peu à la traîne se dépêcheront pour rattraper leurs camarades.

La maman et le papa de Clotaire ont fait les gros yeux à Clotaire, mais nous on était très contents, parce que c'était chouette ce qu'elle avait dit, la maîtresse.

— Vous pouvez continuer votre cours, mademoiselle, a dit le directeur ; je suis sûr que les parents de vos élèves seront heureux de les voir travailler.

— C'est-à-dire, a expliqué la maîtresse, que je leur ai donné un petit problème à résoudre. Je venais de finir d'écrire l'énoncé sur le tableau…

— C'est ce que je regardais, a dit le papa de Clotaire ; il n'a pas l'air facile, ce problème…

— Ça fait 362 œufs, a dit le papa d'Alceste.

Alors, tous les papas et toutes les mamans se sont tournés vers le papa d'Alceste, qui est un gros monsieur avec des tas de mentons. Et puis le papa de Joachim a dit :

— Je ne veux pas vous contredire, cher monsieur, mais il me semble, à première vue, que vous faites erreur… Permettez…

Et il a pris un carnet dans sa poche et il a écrit avec son stylo.

— Voyons… voyons… il disait, le papa de Joachim : les poules noires pondent toutes les quatre minutes… Il y a neuf poules noires…

— 362 œufs, a dit le papa d'Alceste.

— 7 420, a dit le papa de Joachim.

— Mais non ! 412, a dit le papa de Maixent.

— Comment arrivez-vous à ce résultat ? a demandé le papa de Eudes.

— Par l'algèbre, a dit le papa de Maixent.

— Comment ? a demandé la maman de Clotaire. On leur donne à faire de l'algèbre ? À leur âge ? Je comprends maintenant pourquoi ils ne peuvent pas suivre.

— Mais non, a dit le papa d'Alceste, c'est un problème d'arithmétique simple, enfantin. Ça fait 362 œufs.

— Arithmétique simple, peut-être, cher monsieur, a dit le papa de Maixent, avec un gros sourire ; il n'empêche que vous vous êtes trompé.

— Trompé ? Comment, trompé ? Où, trompé ? a demandé le papa d'Alceste.

— Mademoiselle ! Mademoiselle ! a dit Agnan en levant le doigt.

— Silence, Agnan ! a crié la maîtresse, vous parlerez plus tard.

Elle avait l'air embêtée, la maîtresse.

— Moi, je trouve 412 œufs, a dit papa au papa de Maixent, comme vous, cher monsieur.

— Ah ! a dit le papa de Maixent. Mais bien sûr, voyons, ça saute aux yeux… Oh… Attendez un instant… Je me suis trompé dans mon calcul… C'est 4 120 œufs… Je m'étais trompé en plaçant ma virgule !

— Ça, par exemple ! moi aussi ! a dit papa. C'est ça : 4 120 œufs ; c'est la solution.

— Vous direz ce que vous voudrez, mais c'est très difficile, a dit la maman de Clotaire.

— Mais non, a dit le papa d'Alceste, suivez mon raisonnement…

— Mademoiselle ! Mademoiselle ! a crié Agnan, j'ai fait le…

— Silence, Agnan ! a dit la maîtresse en faisant les gros yeux.

Et ça, ça nous a étonnés, parce qu'elle ne fait pas souvent les gros yeux à Agnan, qui est son chouchou. Et puis la maîtresse a dit à nos papas et à nos mamans que maintenant ils avaient vu comment se passait la classe et qu'elle était sûre que nous aurions tous de bonnes notes pour les compositions. Alors, le directeur a dit qu'il était temps de partir et les papas et les mamans ont serré la main de la maîtresse et ils nous ont fait des sourires. Le papa et la maman de Clotaire lui ont fait une dernière fois les gros yeux, et ils sont tous partis.

— Vous avez été très sages, a dit la maîtresse ; en récompense, ce n'est pas la peine de faire le problème.

Et elle a effacé le tableau noir, et puis comme la cloche a sonné la récré, nous sommes sortis. Pas tous, parce que la maîtresse a dit à Agnan de rester, qu'elle voulait lui parler.

Et nous, dans la cour, on a dit que la maîtresse a été vraiment chouette comme tout d'avoir tenu sa promesse de ne pas nous faire honte devant nos papas et nos mamans.

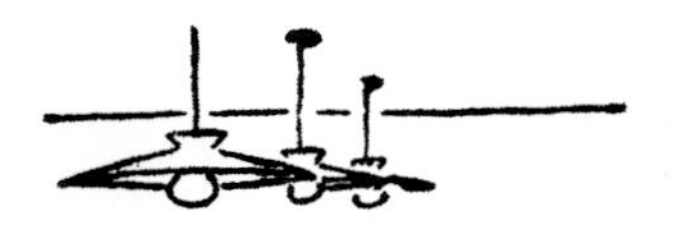

DES MÊMES AUTEURS

Aux Éditions Denoël

LE PETIT NICOLAS, 1960 (Folio n° 423)

LES RÉCRÉS DU PETIT NICOLAS, 1961 (Folio n° 2665)

LES VACANCES DU PETIT NICOLAS, 1962 (Folio n° 2664)

LE PETIT NICOLAS ET LES COPAINS, 1963. Prix Alphonse Allais (Folio n° 2663)

LE PETIT NICOLAS A DES ENNUIS, 1964 (Folio n° 2666)

Aux Éditions IMAV

HISTOIRES INÉDITES DU PETIT NICOLAS, 2004, repris en partie dans LES BÊTISES DU PETIT NICOLAS (Folio n° 5058), LE PETIT NICOLAS VOYAGE (Folio n° 5116), LE PETIT NICOLAS ET SES VOISINS (Folio n° 5228) et LA RENTRÉE DU PETIT NICOLAS (Folio n° 5282)

HISTOIRES INÉDITES DU PETIT NICOLAS — Volume 2, 2006

LE PETIT NICOLAS, LE BALLON ET AUTRES HISTOIRES INÉDITES, 2009

SEMPÉ

Aux Éditions Denoël

RIEN N'EST SIMPLE, 1962 (Folio n° 873)

TOUT SE COMPLIQUE, 1963 (Folio n° 867)

SAUVE QUI PEUT, 1964 (Folio n° 81)

MONSIEUR LAMBERT, 1965 (Folio n° 2200)

LA GRANDE PANIQUE, 1966 (Folio n° 82)

SAINT-TROPEZ, 1968 (Folio n° 706)

INFORMATION-CONSOMMATION, 1968

MARCELLIN CAILLOU, 1969 (Folio n° 3592)

DES HAUTS ET DES BAS, 1970 (Folio n° 1971)

FACE À FACE, 1972 (Folio n° 2055)

LA GRANDE PANIQUE, 1972

BONJOUR, BONSOIR, 1974

L'ASCENSION SOCIALE DE MONSIEUR LAMBERT, 1975

SIMPLE QUESTION D'ÉQUILIBRE, 1977, 1992 (Folio n° 3123)

UN LÉGER DÉCALAGE, 1977 (Folio n° 1993)

LES MUSICIENS, 1979, 1996 (Folio n° 3306)

COMME PAR HASARD, 1981 (Folio n° 2088)

DE BON MATIN, 1983 (Folio n° 2135)

VAGUEMENT COMPÉTITIF, 1985 (Folio n° 2275)

LUXE, CALME ET VOLUPTÉ, 1987 (Folio n° 2535)

PAR AVION, 1989 (Folio n° 2370)

VACANCES, 1990

ÂMES SŒURS, 1991 (Folio n° 2735)

INSONDABLES MYSTÈRES, 1993 (Folio n° 2850)

RAOUL TABURIN, 1995 (Folio n° 3305)

GRANDS RÊVES, 1997

BEAU TEMPS, 1999

LE MONDE DE SEMPÉ, Tome 1, 2002

MULTIPLES INTENTIONS, 2003 (Folio n° 5115)

LE MONDE DE SEMPÉ, Tome 2, 2004

SENTIMENTS DISTINGUÉS, 2007

SEMPÉ À NEW YORK, 2009

Aux Éditions Gallimard

CATHERINE CERTITUDE, texte de Patrick Modiano, 1988 (Folio n° 4298)

L'HISTOIRE DE MONSIEUR SOMMER, texte de Patrick Süskind, 1991 (Folio n° 4297)

UN PEU DE PARIS, 2001

UN PEU DE LA FRANCE, 2005

RENÉ GOSCINNY

Aux Éditions Hachette

ASTÉRIX, 25 volumes, Goscinny & Uderzo (Dargaud, 1961), 1999

Aux Éditions Albert René

ASTÉRIX, 9 albums, Uderzo (textes et dessins) sous la double signature Goscinny & Uderzo, 1980

COMMENT OBÉLIX EST TOMBÉ DANS LA MARMITE DU DRUIDE QUAND IL ÉTAIT PETIT, Goscinny & Uderzo, 1989

ASTÉRIX ET LA SURPRISE DE CÉSAR, d'après le dessin animé tiré de l'œuvre de Goscinny & Uderzo, 1985

LE COUP DU MENHIR (*idem*), 1989

ASTÉRIX ET LES INDIENS (*idem*), 1995

OUMPAH-PAH, 3 volumes, Goscinny & Uderzo (Le Lombard, 1961), 1995

JEHAN PISTOLET, 4 volumes, Goscinny & Uderzo (Lefranc, 1989), 1998

ASTÉRIX ET LA RENTRÉE GAULOISE, Goscinny & Uderzo, 2004

Aux Éditions Lefrancq

LUC JUNIOR, 2 volumes, Goscinny & Uderzo, 1989

BENJAMIN ET BENJAMINE, LES NAUFRAGÉS DE L'AIR, Goscinny & Uderzo, 1991

Aux Éditions Dupuis

LUCKY LUKE, 22 volumes, Morris & Goscinny, 1957

JERRY SPRING, LA PISTE DU GRAND NORD, Jijé & Goscinny, 1958, 1993

Aux Éditions Lucky Comics

LUCKY LUKE, 19 volumes, Morris & Goscinny, 1968, 2000

Aux Éditions Dargaud

LES DINGODOSSIERS, 3 volumes, Goscinny & Gotlib, 1967

IZNOGOUD, 8 volumes, Goscinny & Tabary, 1969, 1998

VALENTIN LE VAGABOND, Goscinny & Tabary, 1975

Aux Éditions Tabary

IZNOGOUD, 8 volumes, Goscinny & Tabary, 1986 — 11 volumes, Tabary (textes et dessins) sous la double signature Goscinny & Tabary

Aux Éditions du Lombard

MODESTE ET POMPON, 3 volumes, Franquin & Goscinny, 1958, 1996

CHICK BILL, LA BONNE MINE DE DOG BULL, Tibet & Goscinny, 1959, 1981

SPAGHETTI, 11 volumes, Goscinny & Attanasio, 1961, 1999

STRAPONTIN, 6 volumes, Goscinny & Berck, 1962, 1998

LES DIVAGATIONS DE M. SAIT-TOUT, Goscinny & Martial, 1974

Aux Éditions Denoël

LA POTACHOLOGIE, 2 volumes, Goscinny & Cabu, 1963

LES INTERLUDES, Goscinny, 1966

Aux Éditions Vents d'Ouest

LES ARCHIVES GOSCINNY, 4 volumes, 1998

Aux Éditions IMAV

DU PANTHÉON À BUENOS AIRES, Chroniques illustrées, Goscinny et Collectif, 2007

TOUS LES VISITEURS À TERRE (Denoël, 1969), 2010

Composition Nord Compo - Impression Clerc
à Saint-Amand-Montrond, le 5 août 2011
Dépôt légal : août 2011 - Numéro d'imprimeur : 12300
ISBN 978-2-07-044231-7/Imprimé en France

181154